DEAD GIRL BLUES

• EDIZIONE ITALIANA •

"È da tanto che non leggo nulla che mi abbia così colpito e stimolato. *Dead Girl Blues* è audacemente originale, scioccante e brillantemente raccontato. In un periodo in cui molti romanzi polizieschi si confondono tra loro, il Maestro Lawrence Block dimostra ancora una volta di essere un autore unico nel suo genere".

—David Morrell, autore bestseller del *New York Times* con *Murder As a Fine Art*.

Tanto vale che lo sappiate subito: il nuovo romanzo di Lawernce Block non è per tutti. È raccontato in forma di diario dal suo protagonista, e inizia quando egli entra in un bar alla periferia di Bakersfield, in California, e ne esce con una donna.

E poi la violenta e la uccide.

Ma, uhm, non in questo ordine.

Già. Ma quello che è veramente interessante è ciò che fa nel resto della sua vita . . .

Lawrence Block scrive e pubblica romanzi gialli da sessant'anni. Ha ricevuto riconoscimenti alla carriera negli Stati Uniti e in Gran Bretagna. Suoi libri sono stati premiati e sono a volte diventati best sellers. Da parecchi di loro sono stati tratti dei film.

Ecco quello che egli stesso ha detto di *Dead Girl Blues:*

"Non penso che sia molto commerciale. E vi sono elementi che potrebbero disgustare molti lettori.

"Ma, sapete, *Dead Girl Blues* non mi deve nulla. Non avevo progettato di scriverlo, perciò non serve che mi faccia guadagnare denaro per giustificare il tempo che mi è servito per scriverlo. Il libro si giustifica da sé stesso. Lo pubblicherò il giorno del mio 82esimo compleanno, e voi tutti potrete comperarlo o non comperarlo, leggerlo o non leggerlo, vi potrà piacere o non piacere.

"L'ho fatto leggere ad alcuni amici delle cui opinioni mi fido, e mi hanno detto che *Dead Girl Blues* è una delle cose migliori che io abbia scritto. E hanno anche aggiunto di capire quali problemi potrebbe avere.

"Ma l'ho riletto la settimana scorsa, e mi sono convinto che D.G.B. è esattamente come io lo volevo. Quando mai questo accade? E un vecchio come me cosa potrebbe desiderare di più?".

"Freddo e buio come l'altra faccia della Luna, ma con una prosa secca come una modella scheltrica, *Dead Girl Blues* è come il cadavere dal quale non è possibile distogliere lo sguardo. Uno stile tagliente, caratterizzazioni che hanno origine dalla parte primitiva del cervello, quella dei rettili, una inquietante identificazione col narratore che dà i brividi. Non sono riuscito a smettere di leggerlo e, poco ma sicuro, non lo volevo. L'autentica visione della mente di qualcuno felicemente antisociale, che ci può spaventosamente ricordare l'alta faccia dell'umanità e il rapporto universale che tutti noi abbiamo con essa. Un cupo capolavoro di narrativa".

—Joe R. Lansdale

"Sento ancora nella pelle gli artigli di *Dead Girl Blues*. È come una pastiglia che rilascia lentamente terrore e che mi ha inchiodato nei panni di un altro, facendomi continuamente torcere le budella. Chi conosce le sue opere ha già visto Block farlo, e ci si meraviglia di come ci riesca senza sforzo apparente. Ma questo . . .! Forse il suo libro migliore, e questo la dice lunga".

—Tom Straw

"*Dead Girl Blues* sicuramente farà sentire offesi alcuni lettori, ma a me è piaciuto intensamente. È scritto magnificamente e la voce del narratore ha il tono perfetto, tranquillo e inquietante insieme. Il libro mi ricorda, in modo molto positivo, le prime opere di Charles Willeford (in particolare il suo *Grimhaven*, seguito non pubblicato di *Miami Blues*). Se amate il genere noir, questo è il vostro libro.

—Lee Goldberg

"Questo romanzo sorprendente è l'esame e l'eviscerazione più profondo di una identità che ho letto da decenni. Un'opera sbalorditiva e sconvolgente, scritta in uno stile così accessibile, così controllato, così assolutamente ragionevole, che il lettore – come testimone – può solo cadere e cadere nel calderone della memoria, in una alterazione non ordinata né casuale, ma una terribile fusione di entrambi".

—Barry N. Malzberg

• EDIZIONE ITALIANA •

DEAD

GIRL

BLUES

LAWRENCE BLOCK

TRADOTTO DALL'INGLESE DA
LUIGI GARLASCHELLI

Per PAUL VLACHOS

Luigi Garlaschelli desidera ringraziare Emanuela Guizzo per l'attenta correzione delle bozze.

UN UOMO ENTRA in un bar.

Non è così che comincia, di solito? Però in queste parole vi è qualcosa di essenzialmente urbano. Il bar del quartiere, un piccolo caffè, un bar in centro. Un raffinato bar in un hotel. Il bar di un aeroporto, per frenare il nervosismo prima del decollo. Un bar per pendolari, adeguatamente situato di fronte alla stazione.

Questo era un locale fuori città, lungo uno stradone, forse un paio di chilometri oltre i confini di Bakersfield. È in California, o almeno questo lo era. Potrebbero esserci altri Bakersfield in altri stati.

Suppongo che potreste verificare.

IMMAGINATE UN EDIFICIO basso, di blocchi di cemento, in un lotto di circa quattromila metri quadri.

Un sacco di spazio per parcheggiare. Un sacco di neon, ma non saprei cosa dicessero.

Dal jukebox musica Country e Western. Uomini con cappelli da cowboy, donne con grandi capigliature. Tutti portavano stivali.

Entrai e il mio cuore iniziò a battere più velocemente.

Non avevo un cappello in testa, non avevo stivali ai piedi, ma non sembravo fuori posto. Indossavo ancora i miei abiti da lavoro – pantaloni blu scuro e una camicia dello stesso colore con un nome ricamato in giallo sul taschino.

Un ricamo mal fatto, così che era difficile leggere il nome, ma guardando bene si sarebbe visto che diceva *Buddy*.

Non è il mio nome, nessuno mi ha mai chiamato così, tranne qualche estraneo che mi chiedeva di spostare l'auto. La camicia era stata lasciata dall'ultima persona che aveva avuto quel lavoro alla stazione di servizio della Sunoco. Non mi importava. Mi andava bene, e se dovevo fare rifornimento alle auto avrei risposto a *Buddy* come se fosse il mio nome.

Andai al bar e ordinai una birra. Di solito bevo la Miller, Miller High Life, ma non mi sembrava di averla vista sui rubinetti del bancone, e ordinai qualcos'altro. Una Lone Star? Forse.

Quale che fosse, il barista me la portò. Prese il mio denaro e mise il resto sul banco. Da anni non mi chiedevano un documento. Quanti anni avevo ormai? 25? 26?

Immagino di avere bevuto un po' di birra. Poi mi guardai attorno e la vidi subito.

La sola persona accanto a me. Non saprei dirvi se il barista fosse vecchio o giovane, grasso o magro. Non sono nemmeno sicuro che non fosse una donna. Probabilmente era un uomo. Se no, me lo sarei ricordato.

Ma forse no.

Ma quella donna. I suoi capelli, castani con mèches bionde, erano la cosa più notevole di lei. Era minuta e snella. Indossava una camicetta leggermente scollata, e non la riempiva nemmeno tutta. Jeans aderenti. Stivali col tacco alto che forse la facevano arrivare a uno e sessanta.

Ubriaca.

"Te ne offro un'altra?".

Mi guardò in faccia, cercando di capire se mi conoscesse.

Poi vide il ricamo. "Ehi, sei Buddy", disse.

Chi sono, e perché vi racconto tutto questo?

Sono un uomo davanti a un portatile, batto i tasti cercando la parola giusta mentre tento di mantenere a fuoco il mio racconto. Sono l'uomo nel presente, che osserva e ricorda, e sono l'uomo del passato che agisce nel mio piccolo dramma.

Chi, allora, e perché?

Se persisto in questo sforzo, e non sono affatto certo di volerlo fare, la storia risponderà a queste domande.

NON EBBI DIFFICOLTÀ a offrirle un drink, e il barista non ebbe difficoltà a darglielo. La ragazza era già ben oliata.

Ben oliata. Un buon termine.

Bevve il suo drink. Era un bicchiere di vino? Un qualche cocktail? Non saprei dirvelo, né saprei ripetere la nostra

3

conversazione o dire come esattamente uscimmo dal locale. Avevo lasciato l'auto in fondo al parcheggio, e di colpo ci eravamo arrivati e ci baciavamo con passione.

Aveva bevuto vino. Vino rosso. Adesso ricordo.

Ne aveva il sapore in bocca.

Le afferrai le natiche e le strizzai. Un bel culetto sodo. Lei mi strinse sul davanti dei pantaloni.

Poi eravamo nell'auto, baciandoci ancora. Poi accesi il motore e uscii dal parcheggio.

Probabilmente nei dintorni c'era un posto dove andavano le coppiette, ma ero da troppo poco in quella zona per sapere dove cercarlo. Ma presi una strada e poi un'altra, girando quando la strada che imboccavo era più stretta e isolata di quella da cui venivo e, senza sapere dove diavolo fossi, riuscii a trovare un posto dove fermarmi. Uno spiazzo erboso, a pochi metri dalla stradina, non illuminato se non dal chiarore che proveniva dal cielo.

C'era la luna piena, o era a metà? Il cielo era abbastanza limpido per capirlo? Potete cercarlo voi.

Tante cose non ricordo.

E anche lei non avrebbe ricordato molto, perché subito dopo che io avevo iniziato a guidare, lei aveva chiuso gli occhi ed era caduta addormentata, preda del vino.

Quando spensi il motore si agitò un po', ma non si svegliò. Trovai una coperta nel bagagliaio e la stesi per terra. Non era pulita, ma sarebbe stata più comoda del nudo terreno.

Molto premuroso. Sempre un gentiluomo.

Nessuno di noi due si era preoccupato di allacciare le cinture. Aprii lo sportello dell'auto dalla sua parte, la afferrai sotto le braccia e la tirai fuori. Riuscii a farla camminare verso la coperta per pochi passi quando lei si svegliò, e lo sguardo che mi lanciò dimostrava chiaramente che non ricordava di avermi mai visto.

"Chi cazzo sei, tu?", disse.

"Buddy", potrei aver detto; ma non sono sicuro di averlo fatto. Non sapevo il suo nome e lei aveva dimenticato il mio, che peraltro non era nemmeno il mio. E a me non interessava come ci chiamassimo. Volevo solo metterla sulla coperta e scoparla.

Prima, nel parcheggio del bar, avrei potuto ficcarglielo dentro sull'asfalto, e farmela per dritto e per rovescio, e le sarebbe andato benissimo. Ma quella ragazza non c'era più, al suo posto c'era una stronza volgare che non ne voleva sapere.

E io pensai: *Oh, bene.*

Le afferrai la spalla destra con la mano sinistra, strinsi a pugno la destra e la colpii più forte che potevo. La colpii allo stomaco, la colpii forse dieci centimetri sopra l'ombelico, abbastanza in alto da non farmi male alla mano con la grossa fibbia della sua cintura. La colpii nel plesso solare, credo si chiami.

Le mancò il fiato e si piegò in avanti. Pensai che avrebbe vomitato, ma non lo fece; allora la colpii di nuovo col pugno, questa volta alla tempia.

Cadde svenuta.

QUI È QUANDO uno direbbe: *E poi diventò tutto nero.* O forse rosso, come se si vedesse il mondo attraverso il sangue.

Oppure: *E quella fu l'ultima cosa che ricordo.*

Forse dicono la verità, forse tutto era diventato nero per loro, forse era veramente l'ultima cosa che ricordano.

Per me fu diverso. Si potrebbe dire che quella fu la prima cosa che ricordo. Arrivare al bar, ordinare la birra, offrirle da bere . . . quelli sono ricordi confusi, in parte ricostruiti dalla mia consapevolezza di quello che doveva essere successo.

Ma il momento in cui le luci si spensero per lei fu anche il momento in cui si accesero per me.

Chi sei tu che leggi? E perché ti racconto tutto questo?

Questa è una domanda sottile, no? Una risposta istintiva potrebbe essere che scrivo tutto ciò per me stesso, per rischiarare la vita di un uomo che è vissuto per tutti questi anni, e naturalmente è vero.

Ma non è tutta la verità e nient'altro che la verità. Se il solo pubblico a cui mi rivolgo fossi io stesso, perché raccontare e spiegare ciò che già so? Perché fare sfoggio di un adatto linguaggio?

Perché trovarsi a esitare prima di rivelazioni spiacevoli, per poi farsi forza e scriverle?

E quindi io ti immagino, Caro Lettore, senza sprecare troppa energia per chiedermi chi potresti essere. Questo, tra l'altro, sembra appropriato, perché vi sono buone probabilità che ciò che sto scrivendo non verrà mai letto. Per il momento non è che una serie di impulsi elettronici, immagazzinati da qualche parte nel disco fisso del mio portatile quando clicco 'Salva' e, per quella giornata, mi fermo; e richiamati di nuovo la prossima volta che ritrovo il file e lo apro.

Alla fine di ogni sessione – ma anche nel bel mezzo, anche adesso se lo volessi – avrei la possibilità di trascinare il file nel Cestino e spedirlo nel Paradiso dei Pixel. Ma ovviamente, se ho ben compreso la tecnologia, l'osservazione di Omar Khayyam sulla mano che scrive si applica anche a qualsiasi cosa composta col computer. "Nemmeno tutte le tue lacrime ne cancelleranno una sola parola . . .".

È ineliminabile.

Però, potrei sempre estrarre il disco e prenderlo a martellate.

Potrei gettare tutto il computer nel fiume.

Ma ammettendo di non farlo, ammettendo che finisca quello che sto scrivendo e mi rassegni al fatto che possa essere letto, chi sarà il mio lettore? Questo davvero non lo so. Qualcuno con un incarico ufficiale? Qualcuno che mi conosce, o addirittura mi vuole bene? Qualcuno a cui io voglio bene?

E di nuovo, perché ti dico tutto questo?

Forse lo scopriremo insieme, tu e io.

NON RESTÒ SENZA sensi a lungo. Dopo che l'ebbi messa sulla coperta e le ebbi sbottonato la camicetta, i suoi occhi si erano aperti e lei mi guardava. Era arrabbiata e terrorizzata circa in egual misura.

Ero disteso sopra di lei e avevo un'erezione fortissima, il sangue mi pulsava nelle orecchie. Cercavo di tirarle i jeans giù dai fianchi, me lei continuava a contorcersi, cercando di sfuggirmi, e questo mi eccitava e infuriava insieme.

Volevo scoparla, e lo avrei fatto, ma più di quello, più di ogni altra cosa, volevo ucciderla.

Le misi le mani attorno alla gola.

Ora i suoi occhi si spalancarono del tutto. Mi pare che fossero blu, e forse lo erano, ma dubito che la luce fosse sufficiente per vederli.

Lei capì quello che stava per succedere. Tentò di urlare, ma non vi riuscì, non poté emettere un solo suono, e io ero completamente disteso su di lei, e sentivo il suo piccolo corpo che tentava di muoversi sotto di me e le mie mani le strinsero la gola con tutta la forza che avevo, e la guardavo sempre in faccia.

E vidi la luce spegnersi nei suoi occhi.

***

DIO, CHE SENSAZIONE!

Era come un orgasmo della mente. Era la sensazione di quando si viene, ma non nei genitali. Avevo ancora un'erezione di ferro. Avevo ancora un desiderio disperato di penetrarla e di svuotarmi dentro di lei, ma nella mente già provavo qualcosa di simile a una pura estasi.

E ora lei era mia. Potevo usarla come volevo. Le strappai gli stivali dai piedi. Le tolsi i jeans, le feci scivolare giù le mutandine e le gettai via, tolsi di mezzo la camicetta e il reggiseno.

Piccole tenere tettine. Uno stomaco piatto, e premetti le dita nel suo plesso solare, dove l'avevo colpita, ma ormai lei non le sentiva.

Lei non sentiva più nulla.

Mi introdussi con forza dentro di lei e la scopai, e non sarebbe potuta essere più eccitante o più deliziosa se fosse stata viva.

Adesso non serviva tenerla ferma, non serviva impedirle di urlare. Non serviva preoccuparsi di cosa pensasse di me.

Tutto quello che dovevo fare era di usare il suo corpo per darmi piacere.

NON È DIFFICILE da ricordare. Infatti probabilmente lo ricordo troppo bene. Nella mia mente ci sono tornato più e più volte, lasciandolo scorrere sullo schermo della memoria come il film preferito.

Non lo faccio perché abbia dimenticato come finisce. Lo faccio perché la memoria, come il fatto, è molto eccitante. L'incidente del passato si è trasformato in una fantasia del presente che ancora provoca una reazione sessuale:

e come ogni fantasia la si può cambiare nel tempo. Si cerca di migliorarla.

Forse piange e implora. Forse, tentando di salvarsi, si offre di farmi del sesso orale: è brava, e si esita a fermarla, ma è molto meglio torcerle il collo.

E così via.

Ma, lasciando da parte gli abbellimenti e attenendosi alla verità, io scopai il suo corpo morto fino ad avere l'orgasmo più potente che avessi mai provato. Crollai sopra di lei, ancora dentro di lei, e rimasi privo di sensi per due minuti, o forse venti; e quando mi ripresi ero ancora dentro di lei, ero ancora in erezione; e sì, che Dio mi aiuti, la scopai di nuovo.

POI, FINALMENTE, MI resi conto di quello che avevo fatto. Avevo trasformato una cosa viva in una cosa morta. Le avevo tolto la vita, una vita innocente – e qualsiasi esperienza avesse avuto negli anni che aveva vissuto non aveva mutato essenzialmente la sua innocenza.

Un uomo entra in un bar, e un'ora dopo una ragazza è morta.

E ora?

L'istinto di autoconservazione prese il sopravvento. Nel baule della mia auto vi era una pala, e nelle mie fantasie precedenti, mai realizzate, a volte la usavo per scavare una fossa. Ma ora rifiutai l'idea non appena mi passò per la mente.

10

Ci sarebbero volute ore, e non ne avevo il tempo. Questa era una stradina isolata, ma non era la faccia nascosta della luna, e un paio di auto erano passate nelle vicinanze mentre io ero sopra di lei e dentro di lei.

Si meritava un appropriato funerale cristiano, e prima o poi l'avrebbe avuto. Ma non ora e non da me. Mi alzai e mi guardai intorno. Sull'altro lato della strada vi era una zona boscosa. La sollevai, la presi in spalla e traversai la strada; mentre lo facevo non sbucarono fari dall'oscurità e io arrivai nel bosco, visibile solo ai gufi.

Sentii il richiamo di un gufo? Una volta, ma solo nella mia immaginazione, in una delle occasioni in cui rivivevo quel ricordo; ma non mentre ero là, col suo peso sulle spalle. Si dice che un corpo sia più pesante dopo la morte, benché non saprei dire perché dovrebbe, ma morta o viva lei era piccola e snella e non pesava molto. Avanzai nel bosco venti o trenta metri e la distesi gentilmente a terra, con le braccia lungo i fianchi e le gambe unite.

A volte, nelle mie fantasie, è autunno e io la copro di foglie.

Ma eravamo a metà maggio e le foglie erano ancora sugli alberi. Potevo tornare a prendere la coperta e i vestiti che le avevo strappato di dosso. Ma la coperta sarebbe potuta essere in qualche modo collegata a me?

E i vestiti avrebbero potuto fornire qualche traccia? E volevo davvero fare un altro viaggio avanti e indietro attraverso la strada?

La lasciai nuda. Le chiusi gli occhi, come avevo visto

11

fare nei film, e le misi le mani una sull'altra. Sul plesso solare – forse per caso, forse no.

Tornai dove avevo lasciato l'auto. La coperta, con la sua borsa e tutto ciò che aveva addosso, tornò nel baule, e sprecai un paio di minuti per nascondere i vestiti sotto la coperta, come se quello avrebbe impedito a un poliziotto di trovarli.

Inutile. A meno che io cercassi di nasconderli a me stesso – ma inutile lo stesso, perché come potevo dimenticare che erano là?

Accesi i fari e girai l'auto per il tempo necessario a osservare bene il posto. Il posto dove lei era morta, il posto dove l'avevo violentata e uccisa.

Uccisa e violentata, per essere più precisi.

VI DIRÒ UNA cosa che forse non sapete. Allora non la sapevo nemmeno io, e non intendo mancarvi di rispetto ipotizzando che non ne siate al corrente, come non lo ero io.

Ecco: lo stupro e l'omicidio, benché spesso collegati, non sempre avvengono in quell'ordine. Il che significa che io non ero né il primo né l'ultimo a uccidere una ragazza prima, e a scoparla dopo. Se non lo sapevate, è colpa dei giornali; lo dicono raramente, perché è un po' più crudo e specifico di quanto sarebbe convenzionale.

Avrei altro da dire, ma può attendere.

I FARI NON mostrarono molto. Se vi erano tracce visibili di ciò che avevo fatto non ne notai nessuna.

Ciò che invece notai fu che, benché lei potesse essere stata la prima persona uccisa in quel posto, non eravamo affatto stati i primi a farvi sesso. Contai cinque preservativi, usati e gettati via, compreso uno che doveva essere stato sotto la coperta mentre io godevo di lei.

Ovviamente nessuno di quei profilattici era mio. Non ero preoccupato che una ragazza morta rimanesse incinta.

MI ALLONTANAI DA quel posto col procedimento inverso a quello che avevo usato prima per trovarlo. Non sapevo dove fossi, ma percorsi la strada sterrata fino a poter girare su una asfaltata, e da quella su una con più traffico. Eccetera.

Avevo passato sette giorni in un motel economico che affittava a settimane, e lo avevo lasciato quella mattina perché ero pronto a mollare il mio lavoro e andarmene. Mi ero fermato in quel bar nella speranza di trovare una donna; se lei non fosse improvvisamente riemersa dallo stordimento del vino, avrei trovato qualche altro motel, ci saremmo registrati e avrei fatto sesso con lei in un vero letto. Forse non se ne sarebbe ricordata, dopo, ma sarebbe stata ancora viva quando si sarebbe svegliata. Ma quel piano era andato in malora quando lei si era ripresa e aveva cominciato a fare storie.

Sto dando la colpa alla vittima? No, in realtà no. Il suo comportamento aveva cambiato ciò che era avvenuto in seguito, ma questo non voleva dire che fosse colpa sua. Mentre guidavo e trovavo una superstrada, guardandomi attorno per trovare un posto dove passare il resto della notte, ero perfettamente consapevole di chi fosse la colpa.

Mia. Soltanto mia.

ERO A FORSE duecento chilometri a nord di Bakersfield quando trovai un motel. Pagai in contanti e avrei scritto *John Smith* sulla scheda di registrazione, ma il tizio alla reception non me la offrì. Non firmai, e i miei venti dollari finirono nelle sue tasche invece che nella cassa del proprietario.

Per me, andava bene.

Per prima cosa feci una doccia. Nella vasca vi erano macchie di ruggine e la pressione dell'acqua non era il massimo che si potesse desiderare, ma la feci uscire caldissima e rimasi a lungo sotto il getto.

Alla fine uscii dalla doccia, mi asciugai come potei con le due piccole salviette che mi avevano dato e usai anche la federa di un cuscino. Accesi il condizionatore, che emise un suono ma non sembrò raffreddare la stanza, e mi distesi sul letto.

Dio mio, Dio mio. Avevo ucciso una donna. Ero un assassino.

E stupido, per di più. Chiunque avesse aperto il cofano dell'auto e avesse guardato sotto la coperta avrebbe trovato gli abiti che lei indossava. E la borsa, che sicuramente conteneva qualche documento di identità.

Mi avrebbero preso. Mi avrebbero processato e condannato. In California, questo significava la camera a gas.

Restai disteso, aspettando che sfondassero la porta della camera.

Poi la mia mente cercò altro a cui pensare, e non fu la conseguenza certa di ciò che avevo fatto, ma il fatto stesso. Colpirla. Metterla nell'auto, tirarla fuori dall'auto. Essere sopra di lei, inchiodarla a terra col mio peso. Le mie mani attorno al suo collo.

Strozzarla, soffocarla ... tutti quei bei termini che avevano agito su di lei fino a togliere la vita dai suoi occhi.

E poi spogliarla, entrare dentro di lei e ricompensarmi per ciò che avevo fatto.

Ero disteso su quel letto, con i capelli ancora umidi dalla doccia, e mi masturbai. Non con una fantasia, come avevo fatto per anni, ma con qualcosa che era veramente accaduto, qualcosa che avevo compiuto soltanto poche ore prima. Qualcosa di cui ero profondamente pentito, per la quale avrei quasi certamente pagato con la vita. E qualcosa che anche nel ricordo mi eccitava al di là del mio controllo.

Ebbi un orgasmo, il terzo di quella notte. Dopo, mi sembrò di sentire un'ondata di indicibile tristezza, ma non ne sono sicuro. Ciò che so per certo è che caddi addormentato quasi immediatamente e dormii profondamente e senza sogni.

QUANDO MI SVEGLIAI feci un'altra doccia. Le salviette non si erano ancora asciugate dalla sera prima, così usai le lenzuola del letto. Pensai ancora a ciò che le avevo fatto, ma tenni il ricordo a distanza, quel che bastava per non esserne eccitato.

Senza pensare, mi rimisi quello che avevo addosso la notte prima. Avevo lavato il suo profumo dal mio corpo, ma lo sentivo ancora sui vestiti. Non sapevo bene che sensazione mi desse.

Pensai alla camera a gas. Vi era qualche modo per evitarla?

Guidai senza sapere che cosa cercare, poi in un'area di negozi vidi un cassonetto di Goodwill per la raccolta di abiti usati. Nessuno avrebbe esaminato troppo da vicino una donazione. Avrebbero solo lavato i vestiti e li avrebbero riciclati. Qualche donna, da qualche parte, avrebbe indossato gli indumenti di una ragazza morta, e non l'avrebbe mai saputo.

Fermai l'auto accanto al cassonetto, aprii il bagagliaio e mentre lo facevo ebbi il pensiero che sarebbe stato vuoto, che i vestiti fossero scomparsi, che fosse tutto un falso ricordo.

Figuriamoci.

Gettai i suoi vestiti nel raccoglitore, seguiti dalla coperta. E la sua borsa? Era una borsa graffiata, di pelle nera verniciata. Prima avrei dovuto esaminarla e togliere i documenti, ma non volevo farlo in quel momento.

Tutto ciò che possedevo era nella mia borsa da viaggio, nel baule dell'auto. Tirai la cerniera ed estrassi un cambio d'abiti. Riparandomi dietro l'auto dagli sguardi delle auto che passavano, mi spogliai nudo e indossai gli abiti puliti. Quelli che avevo tolto – la camicia di Buddy, i pantaloni da lavoro, la biancheria – finirono nel raccoglitore insieme a quelli di lei.

Qualcun altro sarebbe potuto essere Buddy.

Tornai in auto e guidai ancora.

ERO A METÀ strada tra Los Angeles e San Francisco, avvicinandomi a Santa Barbara, prima che mi venisse in mente che sarebbe stato meglio per me uscire dallo Stato. Per un paio di settimane girai tra Nevada, Colorado e New Mexico, e poi di nuovo verso ovest in Arizona. Molte città avevano edicole con i giornali non locali, e io comperai quelli del giorno prima delle due testate di Bakersfield, il *Californian* e il *News Observer*, in cerca di notizie sulla scoperta di un corpo, o di ricerche di una persona scomparsa, Cindy Raschmann.

Sapevo il suo nome perché avevo finalmente esaminato

la sua borsa. Tenni i novantadue dollari che trovai nel portafoglio e bruciai qualunque cosa recasse il suo nome. Gettai la borsa vuota in un bidone dei rifiuti, e il portafoglio in un altro.

Se qualcuno ne aveva denunciato la scomparsa, i quotidiani di Bakersfield non sembravano esserne al corrente. Ma se una persona, single e senza familiari, avesse smesso di farsi vedere in città, e il suo nome e la sua descrizione fossero stati diramati agli ospedali della zona, perché la stampa avrebbe dovuto riportarlo?

Otto giorni dopo che io le avevo stretto la gola con le mani, una coppia di escursionisti trovò il corpo. Il giorno seguente, il *News Observer* riferì che era stato identificato, e riteneva che la polizia considerasse la morte come un caso di omicidio.

A QUEL PUNTO io stavo in un motel da quaranta dollari la settimana a Tempe, Arizona. Facevo lavoro diurno per una ditta di traslochi e il commesso per tre sere la settimana in un negozio di liquori in una zona equivoca della città. Pensai che fosse solo questione di tempo prima che qualcuno entrasse con una pistola in pugno e, se non gli fosse bastato quello che trovava nella cassa, premesse il grilletto.

E vabbé. Perché un'altra cosa per la quale era solo questione di tempo era che un paio di uomini in divisa bussassero alla mia porta. Non serviva che recuperassero i vestiti della ragazza da Goodwill, o la borsa dalla spazzatura, per fare due più due. Qualcuno avrebbe detto: *Sì, era uscita di qui con un tizio giovane, piuttosto grosso*. E qualcun altro avrebbe aggiunto: *Certo, li ho visti quei due, lui aveva una di quelle camicie che hanno al distributore della Sunoco. Quelle col nome sul taschino. Buddy, ecco cosa c'era scritto*. E dopo avere controllato tutte le stazioni di servizio Sunoco qualcuno si sarebbe ricordato di un tizio che portava una camicia con *Buddy* sulla tasca. *Lavorava regolarmente, poi da un certo giorno non si è fatto più vedere. Non ha nemmeno riportato la camicia.*

Una cosa tira l'altra, come sempre succede.

Quindi io mi attendevo i colpi alla porta, mi attendevo che il mondo mi crollasse addosso, mi attendevo l'inizio di un lungo cammino alla fine del quale vi era la camera a gas. Tutto ciò che ne sapevo veniva dal film *Non Voglio Morire* nel quale Susan Hayward interpretava Barbara Graham.

Su Barbara Graham circola una storia interessante. Non posso giurare che sia vera, ma mi piace crederci.

Ci arriveremo.

CONTINUAI A COMPERARE i quotidiani di Bakersfield, come se sapessero del mio arresto prima che lo sapessi io stesso. Ma non trovai nulla su Cindy Raschmann, a parte qualche nota interna secondo la quale la polizia di Bakersfield, con l'aiuto di quella dello Stato, continuava a seguire piste non definite. Era solo una questione di tempo, dicevano, e fin lì c'ero arrivato da solo.

Ma la maggior parte delle notizie riguardavano le prossime elezioni primarie in California. Il paese avrebbe eletto un nuovo presidente a novembre, e la California sembrava essere uno stato decisivo per i candidati Democratici. Il cinque giugno si tennero le votazioni, e poche ore dopo essere stato dichiarato vincitore Robert Kennedy fu ucciso a colpi di pistola da un certo Sirhan Sirhan, un uomo che amava tanto il suo nome da usarlo due volte. Per fortuna agì a Los Angeles, e non, ad esempio, a Walla Walla.

ERA IL 1968. Anni e anni fa, e vi sto raccontando la storia, così dovreste capire che alla mia porta non bussarono mai, e che io me la cavai.

Mi ci volle un po' per crederci. Sembrava che avessi veramente avuto una seconda possibilità nella vita, ma come potevo fidarmi? Come avrei potuto sapere che non si trattasse di qualche scherzo cosmico, di un burlone sovrannaturale che mi rimetteva in piedi solo per potermi abbattere più tardi?

Insomma, avevo ucciso una ragazza. Non la si passa liscia per una cosa del genere.

Oppure sì?

I GIORNI PASSAVANO e capii quello che era successo. L'assassinio di Kennedy aveva distolto l'attenzione di tutti dall'omicidio di una donna senza parenti o amici stretti, così tutti avevano smesso di assillare la polizia di Bakersfield per avere aggiornamenti sulle indagini. Il caso era stato archiviato come irrisolto.

Per me fu difficile capire come reagire. Ero stato tentato di costituirmi e ricevere la punizione che meritavo, e ora sembrava che non vi sarebbe stata nessuna punizione; e ci misi un po' per abituarmi all'idea.

Ero di nuovo padrone della mia vita. Che cosa ne avrei fatto?

PER IL MOMENTO, potevo solo continuare ad andare avanti. Lavorare per la ditta di traslochi quando mi chiamavano, e lavorare di sera nel negozio di liquori. Doveva essere l'inizio di giugno quando un cliente entrò un'ora prima della chiusura e passò molto tempo a esaminare diverse marche di whisky.

Sapevo che in lui c'era qualcosa che non andava.

Servii un altro cliente, un tizio che zoppicava e che arrivava ogni sera verso quell'ora per comperare mezzo litro di Schenley. Avrebbe potuto comperare la bottiglia grande, riducendo del cinquanta per cento l'affaticamento e il logoramento della sua anca malandata, ma forse questo gli dava una scusa per uscire di casa

Se ne andò zoppicando e, appena la porta si chiuse alle sue spalle, Mr. Strano si avvicinò alla cassa con una bottiglia di Chivas in una mano e una pistola nell'altra.

Cazzo, c'era da aspettarselo, no? Esci da un guaio, e la vita arriva con un altro.

Ero troppo arrabbiato per avere paura. "Va bene, dai, sparami", gli dissi, e intanto afferrai una bottiglia di vino dallo scaffale. "Forza, stronzo! Credi che me ne freghi qualcosa?".

Andai deciso verso di lui, impugnando la bottiglia, e attendendomi un colpo di pistola. Lui invece lasciò cadere l'arma e si tenne stretta la bottiglia. E corse fuori.

NON SAPEVO COSA fare di quella pistola. Chiamare la polizia? No, certo che no. La raccolsi senza lasciarvi le mie impronte e senza cancellare le sue, e la misi sul ripiano dietro il bancone, accanto al manganello che il proprietario teneva lì. Avrei potuto prendere quello, invece della bottiglia di vino, ma se avessi ragionato chiaramente avrei premuto il tasto della cassa e gliela avrei lasciata svuotare.

Chiusi bottega all'ora dovuta e quando me ne andai avevo con me la pistola, in uno di quei sacchetti di carta che servono per le bottiglie degli alcolici. Non so per che cosa la volessi, ma avevo pensato che sarebbe stato peggio lasciarla là che portarmela via. Andai direttamente al mio motel, feci la doccia, andai a letto e attesi l'ondata di paura che viene in seguito a un fatto come quello. Ma non accadde nulla. Ancora una volta la vita mi era stata restituita, e stava a me decidere che cosa farne.

Pensai a Cindy Raschmann, a cui la vita non era stata ridata, né mai lo sarebbe stata. Avevo pensato spesso a lei, con risultati diversi. A volte venivo travolto dal senso di colpa e dalla vergogna, e dal vano desiderio di annullare quello che avevo fatto. Ma altre volte riuscivo soltanto a pensare alla pura ebbrezza di quell'avvenimento.

Questa volta, forse come reazione all'avere avuto la bocca di una pistola puntata verso di me, prevalse l'erotismo. Rivissi il fatto, e lo migliorai chiamandola per nome, un nome che naturalmente allora non sapevo. Nella mia fantasia, le coprivo la bocca con del nastro adesivo, e la tormentavo chiudendole le narici e facendola sussultare mentre cercava di respirare. E ancora, e ancora, fino a quando i suoi sforzi mi avevano tanto eccitato che le stringevo la gola con le mani, come avevo fatto nella realtà.

E così via.

Era tutto bellissimo. Il ricordo della realtà e i miglioramenti immaginari. Per quanto io ne fossi sinceramente pentito, anche quello era una parte di me.

E lo sarebbe stato per sempre.

ALLORA, AVREI DOVUTO cercare un altro locale di periferia e trovare un'altra ragazza che aveva bevuto troppo? Forse questa avrei potuto tenerla viva per un po'. Lasciare che lottasse, farle capire che cosa stava per succedere. Forse, prima scoparla e poi ucciderla.

O forse no. Meglio attenersi a quello che funziona.

Mi immaginai come un serial killer, benché il termine non fosse diventato di moda se non parecchi anni dopo (il comportamento era esistito da secoli, forse da sempre. Chi sa dire cosa divenne Caino dopo essersene andato via da solo?). Ma il linguaggio ci ha messo del tempo per aggiornarsi.

Insomma, non sarebbe stato il modo logico in cui mi sarei dovuto comportare? Avevo compiuto un crimine, mi era piaciuto e mi aveva preso al di là di ogni attesa, e avevo passato molte ore del giorno (e chissà quante nei miei sogni) ad apprezzare l'esperienza, ad assaporarne il ricordo, a migliorarlo nella fantasia. Più e più volte Cindy Raschmann era morta, più e più volte avevo versato il mio seme nel suo corpo senza sensi, e poi ancora e ancora e ancora.

UN UOMO ENTRA in un bar.

Un bar del centro, un luogo dove rilassarsi dopo una giornata in ufficio. Quando gli impiegati si diradano, cambia la clientela. Gente che ama bere, uomini e donne in cerca di un rimedio per la solitudine. Qualche adescatrice semiprofessionista.

C'ero stato alcune volte, esaminando il posto. Ero sempre stato seduto al bar da solo, avevo sempre preso un whisky e soda. Non avevo mai parlato con nessuno, tranne che per ordinare il mio drink. Mai detto o fatto nulla di speciale.

Ma ci avevo pensato. Avevo portato a casa, anche se soltanto nella mia immaginazione, alcune delle clienti. Una, in particolare, aveva spesso una parte nelle mie fantasie; una casalinga che veniva per un drink veloce prima di portare uno dei ragazzi a una partita di calcio, o prima di andare a prenderne un altro che era stato a giocare con gli amici. Una MILF, la si chiamerebbe oggi, anche se ancora nessuno usava allora quel termine. Vi erano molte MILF, ma nessuno sapeva come chiamarle.

Come i serial killer. Abbondanti, ma ancora non classificati.

Più alta di Cindy Raschmann, qualche anno più vecchia, e con un corpo più pieno. Capelli rossi poco convincenti, per cui probabilmente la moquette non aveva lo stesso colore delle tende.

Non importa. Era sexy, e aveva un'irrequietezza che attirava.

Sarebbe stata adatta.

IL FIGLIO GIOCAVA a calcio? Non credo che quello sport fosse ancora molto diffuso, certo non in Arizona; e l'altro figlio forse giocava a baseball. La sorella faceva i compiti a casa di un'amica.

Che importava?

Calcio, baseball. MILF.

Serial killer.

UN UOMO ENTRA in un bar, e la MILF dei suoi sogni è là, seduta da sola. Seduta a uno dei tavolini, con un bicchiere quasi vuoto davanti a lei.

Presi al bar un J&B con soda. "E dammi un altro di quello che sta bevendo la rossa".

Il barista sorrise. "La rossa si chiama Carolyn", mentre prendeva bottiglie, versava e mescolava. "E sta bevendo un Orange Blossom".

Portai i due bicchieri al suo tavolo, mi lasciai cadere sulla sedia vuota e alzai il mio bicchiere per un brindisi.

"Ma guarda un po' ", disse lei, prendendo il calice col suo Orange Blossom. "A che cosa brindiamo?".

"Al futuro", dissi. "E che ci possa essere dentro Carolyn".

"E che possa essere meglio del passato", disse lei, e bevve un sorso. "Sai il mio nome".

"E mi è costato solo il prezzo di un drink".

"Ma io non so il tuo".

"Meglio. Io stesso tendo a dimenticarlo. Di solito mi chiamano Buddy".

"Allora ti chiamerò così anch'io", disse lei.

Chiacchierammo, e lei trovò delle scuse per sfiorarmi – il dorso della mano, il braccio. Appoggiai una mano sul suo ginocchio e lei non la tolse. Le rivolsi una domanda muta guardandola negli occhi e lei rispose con un lento sorriso.

Al futuro, avevo detto, e lo potevo vedere tutto, lì di fronte a me.

"Torno tra un attimo", dissi, e mi diressi al bagno degli uomini.

Lo superai e uscii dalla porta posteriore. Avevo già fatto il check-out dal mio motel, e tutto ciò che possedevo era nel baule dell'auto.

Insieme a una nuova coperta, un grosso rotolo di nastro adesivo e un punteruolo da ghiaccio.

Arrivai al raccordo più vicino e presi l'interstatale. Mi mantenni nei limiti di velocità, come avrei fatto se avessi lasciato Carolyn con la trachea spezzata e il ventre pieno di sperma.

Invece, l'avevo lasciata con mezzo Orange Blossom, un J&B con soda quasi intatto, e tutto il tempo che voleva per chiedersi cosa potesse avere detto per avermi fatto sparire.

Difficile rispondere, per entrambi.

Superai il confine di Stato. Trovai un motel, mi registrai, feci un'altra doccia. Andai a letto.

Pensai alla MILF. Questa volta uscivamo dal bar insieme e andavamo a casa sua, che immaginai in una via a fondo chiuso, in periferia. La immobilizzavo col nastro adesivo, ma le lasciavo la bocca libera, perché volevo poter sentire le sue urla.

Mi ero assicurato che le case fossero abbastanza lontane tra loro. Nessuno l'avrebbe sentita.

E così via.

VOLEVO DIRVI DI Barbara Graham.

Non quello che si può leggere su Wikipedia. Madre prostituta, Barbara anche lei a fare la vita già da giovane. Amicizie con criminali professionisti. Alcuni di loro sentono di una donna che dovrebbe avere in casa un sacco di soldi. Fanno irruzione, la donna non consegna il denaro, e Barbara la colpisce col calcio della pistola, e poi la soffoca con un cuscino.

O forse non lo fece. Lei disse di non averlo fatto, ma che cosa vi aspettate che dicesse?

Il delitto avvenne nel 1953. Il 3 giugno 1955, dopo un appello e una breve sospensione della pena capitale, la portarono nella camera a gas. Qualcuno le disse che sarebbe stato più veloce se lei avesse fatto un profondo respiro quando le pastiglie di cianuro venivano fatte cadere. Lei rispose: "Come diavolo faresti a saperlo, stupido furfante?".

Pensate che abbia davvero detto quelle parole? Le ultime parole di una donna, e qualche giornalista ritenne meglio correggerle. "Che cazzo ne sai tu, brutto stronzo?".

Sembrerebbe più probabile.

Ma non è questo l'importante. Questo è solo il retro-scena, e probabilmente vero, di una storia molto meno ve-rificabile. C'era un uomo, di cui si è perso il nome, che si vantava di essere stato l'ultimo a scoparla.

La Graham era stata rinchiusa nella prigione femmini-le di Chino, ma l'avevano trasferita a San Quintino, dove passò una sola notte nel braccio della morte prima che la mettessero nella camera a gas. E c'era questo tizio di fidu-cia, che scontava l'ergastolo a San Quintino per chissà cosa, che era incaricato di ripulire la camera a gas dopo ogni ese-cuzione. Il che, suppongo, comportasse svuotare, lavare e strofinare questo e quell'altro, dopo avere portato via il cadavere.

Be', avete capito come va a finire. Lei era lì, non solo bella, ma anche celebre, e morta da quanto, dieci o quindici minuti?

Ancora tiepida e fresca; e così lui trovò qualche minuto per scoparsela.

Non c'era nessuna possibilità che lei potesse resistere, una volta fatto l'ultimo respiro. Né che ci fosse in giro qual-cuno che potesse vedere, perché era un compito sgradevole che erano lieti di far fare a un prigioniero. Un paio di mi-nuti di dentro e fuori, e dopo avere lasciato un'offerta nella cassettina della Graham, lui portò il corpo dove gli avevano detto. E poi tornò a svuotare, lavare e ripulire tutto.

E dopo poté raccontarla a tutti i suoi amici. "*Sai che ti*

dico? Credi che non si possa scopare in prigione? Be', pensaci bene".

Forse quel tizio l'aveva fatto, proprio come diceva. Forse no, ma aveva raccontato la storia. O forse non era mai nemmeno esistito: un paio di guardie della prigione avevano portato via il corpo su una barella, e qualcun altro si era inventato la storia dopo mesi o anni. Una volta raccontata, si capisce come mai si tendesse a ripeterla.

Quindi, credeteci o no, come preferite; non so come si potrebbe dimostrare che sia vera o falsa. Certo non dopo tutto questo tempo.

Eppure, a me piace credere che sia vera.

NATURALMENTE MI RICORDAVO del caso della Graham. Quando l'avevano giustiziata ero un adolescente, e solo dopo anni avevo sentito la storia dell'onesto cittadino che era stato il suo ultimo amante. Sapevo quello che avevano scritto sui giornali, e un paio d'anni dopo vidi il film con Susan Hayward che interpretava la sua parte.

Bella donna, Susan Hayward. A giudicare dalle foto, si poteva dire lo stesso anche di Barbara Graham.

NON SO CHE cosa fu che salvò la mia MILF. Forse la nostra conversazione, che mi obbligò a considerarla una persona invece che un oggetto. O forse era nel destino. O forse ero un tipo da 'una botta e via'.

Ma certo mi rendo conto che sarebbe potuto essere diversamente. Per l'omicidio me l'ero cavata, ma non perché fossi un genio del crimine, sempre un passo avanti rispetto alla polizia. Mi ci ero trovato dentro per caso, e per caso ne ero uscito, e solo la fortuna aveva guidato i miei passi.

Un altro uomo – o io stesso, in un giorno diverso – avrebbe potuto pensare che se me l'ero cavata una volta me la sarei potuta cavare anche due, o tre, o quattro volte.

Eccetera.

Ma io avevo deciso per il contrario. *Non avere troppa fiducia in te stesso, non forzare la mano alla fortuna,* mi sono detto. *Prendi quello che è accaduto e nascondilo, lontano dagli occhi ma non dalla mente. Divertiti col ricordo fin che vuoi. Trasformalo in una fantasia, se vuoi. Ma non farlo ancora.*

Quanti seguirebbero questo consiglio? Quanti di noi possono superare una linea proibita una volta sola, e poi mai più?

Potrebbe anche essere una domanda retorica, perché chi potrebbe mai rispondere? Nessuno può fare statistiche per sapere chi ha commesso un solo delitto e se l'è cavata.

E se si rivivono quei momenti o si uccidono altre vittime nell'intimità della nostra mente, nemmeno questo ci fa entrare nelle statistiche. Quindi, non so quanti abbiano commesso un atto simile e non l'abbiano più ripetuto, non so se il nostro numero sia piccolo o grande.

Una cosa però posso dire: io ci sono riuscito.

TRASCORSI ALCUNI GIORNI in auto, diretto di solito verso nordest, fermandomi in motel economici e distraendomi con la poesia.

Sto pensando alla definizione di Wordsworth, che in quel momento ignoravo completamente: *"La poesia è l'efflusso spontaneo di un sentimento potente: origina dalle emozioni rivissute con tranquillità"*. Nella tranquillità del mio motel, con la TV spenta, la porta chiusa a chiave e le tende tirate, potevo rivivere ciò che era accaduto con Cindy, e ciò che sarebbe potuto accadere con Carolyn.

Sentimenti potenti, certo. Per non parlare dell'efflusso spontaneo.

Ogni mattina mi alzavo e mi mettevo al volante, ogni sera mi trovavo un nuovo motel. Una sera, vicino a Peoria, feci il check-in e poi traversai la strada entrando in un ristorante Denny.

Breakfast ad ogni ora!, dichiarava il menù, e io scelsi il loro Breakfast dell'Affamato, per poi scoprire che non avevo abbastanza appetito per riuscire a finirlo.

Ma mi trattenni per un'altra tazza di caffè, non tanto perché lo desiderassi, ma perché mi piaceva la cameriera. Una brunetta, un po' grassottella, ma con un tocco di sfacciataggine.

Oltre a ordinare il cibo, non le avevo detto nemmeno una parola.

Nemmeno per ordinare il caffè, o poi per pagare il conto. Indicai la tazza e lei la riempì. Feci il gesto di scrivere nell'aria e lei portò il conto.

Più tardi, quella sera, lei fu l'ignara protagonista del mio piccolo film.

Funzionò bene.

PERCHÉ QUESTO CAMBIAMENTO di vita funzionasse, dovevo fare ben più che limitarmi ai ricordi e alla fantasia, tenendo a bada la realtà. Questo mi era chiaro. Dovevo diventare una persona diversa; o, meglio, dovevo crearmi una nuova vita.

Non avrei molta voglia di parlarne, ma forse vi chiederete che cosa mi ha fatto diventare quello che sono. Ci si aspetta le solite ragioni: un padre alcolizzato e violento, una madre dispotica, abusi sessuali da parte di un genitore, uno zio, un prete, un capo scout o un fidato amico di famiglia. "Perché quest'uomo è un mostro? Perché la sua infanzia è stata mostruosa".

Be', non la mia.

La nostra era una famiglia molto grande – sei figli maschi e quattro femmine – ma non era disfunzionale e non vi furono abusi. Mio padre aveva un'agenzia di assicurazioni, la maggiore della città, e mentre io ero alle superiori iniziò anche a offrire fondi d'investimento. Mia madre, con dieci figli a cui badare, non considerò mai un lavoro al di fuori della casa, benché nelle gare di ricamo e cucito vincesse spesso dei premi.

Io ero uno studente poco metodico, spesso perso nei miei pensieri e di conseguenza impreparato per le interrogazioni. Ma rimediavo abbastanza con i test scritti, e i miei voti erano nella media.

Entrai nei Boy Scout, sperando di fare escursioni e attività all'aperto, ma al nostro gruppo interessava più fare marce e cerimonie, come se la sua vocazione fosse far parte della Gioventù Hitleriana. Mi bastarono alcuni mesi, e poi me ne andai. Ma non perché il nostro capo (il quale, ora che ci penso, aveva una forte somiglianza con Adolf Eichmann) mi avesse mai toccato, nemmeno con un dito.

E nemmeno gli insegnanti della scuola parrocchiale che tutti noi ragazzi frequentavamo.

Neanche quella durò a lungo. Mio fratello Henry disse a nostra madre che quella scuola la odiava, doveva proprio andarci? Lei disse che non era obbligato, e allora anch'io dissi di odiarla, benché la trovassi solo noiosa. Henry e io non ci tornammo, ma non è che giocassimo insieme mentre i nostri fratelli continuavano a imparare anche più del necessario su Maria Maddalena e Lazzaro. Henry – Hank per gli amici – era quattro anni più vecchio di me, e mi trovava noioso quanto la scuola parrocchiale.

Se c'era una cosa che distingueva la mia famiglia, era il nostro apparentemente scarso interesse reciproco.

Immagino che mio padre fosse orgoglioso di avere tutti quei figli, così come era fiero di riuscire a mantenerci tutti. Ma il suo interesse si limitava a quello. E immagino che mia madre fosse, be', materna, a modo suo. Cucinava e si occupava della casa, con l'assistenza di una donna di servizio che veniva due volte la settimana. Provvedeva alle nostre vaccinazioni e che avessimo nei cassetti vestiti puliti. Metteva i pranzi in tavola e badava che li mangiassimo. Tutto in una maniera che, lo capii in seguito, era spassionata: noi eravamo i suoi figli, era suo dovere occuparsi di noi, e lei era una donna che compiva il suo dovere.

Le mie sorelle maggiori, Judy e Rhea – dette, ma non capii mai perché, 'gemelle irlandesi', in quanto nate a meno di un anno di distanza – la aiutavano. Arnie arrivò un anno dopo. Io ero il quinto nato, il terzo maschio, e quattro anni più giovane di Hank, che a sua volta era due anni e mezzo più giovane di Arnie. Poi trascorsero altri quattro anni prima di una nuova nascita, quella di una sorella chiamata Charlotte.

A chi di loro ero più legato?

A nessuno, in realtà.

Ho dovuto pensarci, per scrivere quel paragrafo con i loro nomi, Arnie, Hank e Charlotte. Tutta la covata di fratelli e sorelle li ricordo a malapena. Dopo Charlotte ce n'erano stati altri quattro, credo in parte maschi e in parte femmine, ma non mi ricordo l'ordine in cui erano nati e nemmeno come si chiamavano. Essendo ben dieci, molti potrebbero pensare che fossimo cattolici, ma noi

appartenevamo in realtà a una noiosa confessione protestante.

Forse i miei non sapevano nulla sul controllo delle nascite, o erano trascurati.

O forse ci volevano veramente. Anche se non immagino
perché.

PER DUE VOLTE quasi mi dimenticai la pistola.

Uno o due giorni dopo averla avuta, e averla tolta forse per la decima volta dal sacchetto di carta usato per le
bottiglie – sempre afferrandola in modo da non cancellare
le impronte del precedente proprietario o da aggiungere le
mie – mi venne in mente che poteva essere pericoloso possederla. La annusai, chiedendomi se avesse sparato dopo
l'ultima volta che era stata pulita, ma sentii solo l'odore del
metallo. Se vi erano residui di olio per armi o di polvere da
sparo, il mio naso non li percepì.

La rimisi nel sacchetto e per il momento la riposi sul ripiano dell'armadio del motel. Poteva restare lì, decisi, fino
a quando qualcuno l'avrebbe trovata, e sarebbe potuto non
essere la cameriera, perché sarebbe dovuta essere più alta
della media per raggiungerla.

Andai a dormire e la mattina dopo cambiai idea, pren-
dendola con me quando me ne andai.

Qualche giorno dopo avevo già fatto i bagagli ed ero
quasi fuori dalla stanza di un altro motel quando ricordai

che non l'avevo presa dal cassettone nel quale l'avevo lasciata. Ricordo di essere rimasto là, metà dentro e metà fuori dalla porta, incerto sul da farsi. Rientrai per riprenderla, e questa volta la chiusi nel cassetto del cruscotto.

QUANDO IL BUS della Greyhound mi portò oltre la frontiera dell'Ohio ero una persona diversa.

Letteralmente. Per lo meno per il fatto che avevo una patente di guida dell'Indiana con un nuovo nome. Ora ero John James Thompson, un nome molto più comune di quello col quale ero nato. Era stata una mia scelta. Non volevo essere troppo notato.

Una volta era notevolmente facile cambiare la propria identità.

Nel Vecchio West, bastava entrare in una città col proprio cavallo e dare un nome. Nessuno avrebbe chiesto un documento, perché il concetto di identificazione personale era ancora agli albori. Non serviva una patente per andare a cavallo. Non vi erano le tessere della Previdenza, perché non esisteva la Previdenza Sociale. Si poteva essere chiunque si dicesse di essere. A meno che i problemi della vostra vecchia vita vi avessero seguiti, il nuovo nome poteva essere vostro fin che volevate.

Nel 1968 era ancora abbastanza facile. Si trovava il nome di qualche sfortunato bambino che era morto piccolo, idealmente ancora durante l'infanzia, si dichiarava di essere lui e si richiedeva una copia del suo certificato di nascita. Sarei potuto essere Clarence Glendower o Peter Kowalski, ma scartai il primo nome come troppo particolare, e il secondo perché troppo etnico. Il piccolo Johnny Thompson aveva superato l'infanzia, ma la sua tomba diceva che era morto poco prima del suo quinto compleanno. Ed era nato poco più di due anni dopo di me, il quattordici giugno.

Il quattordici giugno è la Giornata Nazionale della Bandiera, e benché quel bimbo non fosse vissuto abbastanza a lungo per avere sventolato bandiere, o averne una issata in suo onore, la festa mi facilitava nel ricordare la mia nuova data di nascita, quando me la chiedevano.

Col tempo, naturalmente, divenne il contrario. Non molti anni dopo che ero diventato John James Thompson, fu il mio compleanno a ricordarmi quando fosse la Giornata della Bandiera.

Il solo punto debole, in realtà, era che avendo usurpato la data di nascita di J.J.T. mi ero reso due anni più giovane di quanto fossi in realtà. Ma che importava? Be', per molto tempo andò benissimo.

Ma arrivò il momento in cui dovetti attendere due anni in più per potere avere la pensione.

RITIRAI IL MIO certificato di nascita e la tessera della Previdenza Sociale a Indianapolis; poi andai a Fort Wayne, dove sostenni l'esame di guida ed ebbi una patente dell'Indiana col mio nuovo nome. La mia auto era intestata al vecchio nome, e pensai di rivenderla a me stesso, ma decisi che sarebbe stata una traccia. La vendetti a un commerciante di auto usate, poi presi un bus da Fort Wayne a Lima, Ohio, e comperai una Plymouth Valiant da un rivenditore. Il giorno seguente feci un altro esame di guida e cambiai la mia patente dell'Indiana con una dell'Ohio.

Non avevo mai scelto di proposito Lima come mia nuova residenza, e mi sarei potuto spostare ancora verso est, magari fino alla costa. Ma le cose cominciarono a sistemarsi.

Avevo preso alloggio in un motel, e conversavo con il tizio della reception. Mi disse che al Rodeway Inn, nemmeno un chilometro più in là, l'uomo del turno di notte se ne era andato improvvisamente e stavano cercando qualcuno per sostituirlo.

E io stavo cercando di recuperare parte dei soldi che avevo speso per mangiare e per i motel, e i duecento dollari che avevo aggiunto scambiando la mia auto con la Valliant. Assicurai il manager del Rodeway che non bevevo, che non mi pesava lavorare di notte, e che non mi interessavano i Democratici e i neri. Questo mi permise di avere una stanza e uno stipendio. Entrambi piccoli, ma mi sarei accontentato.

Poi una cosa tirò l'altra.

Pensai a mio padre, che si era iscritto al Kiwanis, al Rotary e al Lions Club, e non per senso del dovere civico. "I contatti sono importanti", l'avevo sentito dire; e me ne ricordai improvvisamente quando seppi che il Rotary teneva un incontro ogni settimana proprio nella sala conferenze del Rodeway. Trovai un negozio di abbigliamento per uomo, comperai un blazer blu, una camicia e una cravatta, feci un respiro e andai al meeting successivo, pensando che il peggio che potesse accadere sarebbe stato che mi dicessero di uscire.

Non lo fecero. Partecipai ad ogni incontro e un giorno, dopo forse tre o quattro settimane, un tizio tarchiato mi chiese che tipo di lavoro facessi. Dissi di essere da poco in città, e per il momento facevo il servizio notturno in quello stesso motel. "È un lavoro onesto", dissi, "ma, be' …".

"Ma con poche possibilità di carriera", disse. "Sai chi cerca qualcuno?". Mi indicò un uomo magrissimo dall'altra parte della sala. "Porter Dawes", disse. "Sembra un grissino, ma ti tratterà onestamente. Lo conosci? Dai, John, mi fa piacere presentarti".

Dawes era nel settore ferramenta e articoli per la casa, e dopo pochi minuti vi ero anch'io. Dopo due anni mi nominò direttore del negozio, e dopo altri due anni fu colpito dal cancro.

Quando seppe che non sarebbe mai guarito, mi portò dal suo legale e stipulammo un accordo. Io avrei rilevato il negozio dalla sua vedova, versando un piccolo anticipo, mentre il resto sarebbe stato dedotto dai guadagni. La donna avrebbe avuto anche una parte dei profitti, ma la maggior parte sarebbe venuta a me, in quanto proprietario.

"Sono contento di avere sistemato questa cosa", disse

dopo le firme. "Ora posso morire tranquillo", disse. Morì un mese dopo.

ORMAI ERO MEMBRO anche del Kiwanis e del Lions e, anche se non andavo a tutti gli incontri ero abbastanza attivo da conoscere e dare del tu a buona parte degli uomini d'affari e dei professionisti di Lima. Il negozio aveva sempre dato utili, ma dopo che ne ebbi presa la gestione feci un paio di cambiamenti, e poi affidai a un socio del Rotary l'incarico per una campagna pubblicitaria. I profitti salirono.

Immagino che molti se ne fossero accorti. Un uomo dai capelli bianchi, Ewell Kennerly, mi chiese se avessi mai pensato a Penderville. Sapevo soltanto che si trovava da qualche parte a sud della città, sulla I-75.

"Sai", mi disse, "quel posto è in pieno boom economico. Ethel e io ci siamo trasferiti là quando i ragazzi hanno finito l'università, e la amiamo. Se per caso pensi di espanderti, dovresti considerarla".

Non avevo mai pensato di espandermi. Avevo quell'unico negozio e ne ricavavo di che viverci decentemente.

"Un brutto divorzio ha fatto fallire un rivenditore di pezzi di ricambio per auto. Il risultato è che c'è un bel negozio vuoto, pronto da affittare. Se non vuoi metterci troppo denaro, be', io per anni ho avuto discreti guadagni come socio occulto. È una parte che mi piace". Mi batté la mano

41

sulla spalla. "Pensaci", disse. "Perché restare piccoli, quando è così facile crescere? E poi, se Louella avrà un figlio, non ci vorranno troppi anni prima che ti possa aiutare. O era una cosa che non avrei dovuto sapere?".

LOUELLA.

Oltre che nell'intimità della mia mente, non vi erano state donne nella mia vita.

Quando arrivai a Lima, avevo chiuso e sbarrato quella porta. Ogni tanto, al lavoro o nel tempo libero, potevo avere una conversazione occasionale con una donna avvenente. O ne vedevo una – che pranzava a un altro tavolo, in un ristorante, una cliente del negozio – e me ne sentivo attratto.

Ma mantenevo chiusa la porta. Conoscevo troppo bene il mio inconscio per osare aprirla. Avevo già vissuto ciò che non avrei mai voluto vivere. Purtroppo avevo già seguito un impulso, e il risultato era stato la morte di una donna innocente; e poi avevo avuto l'incredibile fortuna di riuscire a scamparla.

Avevo avuto una seconda possibilità. Non ne avrei avuta una terza.

E poi, man mano che il tempo passava era sempre più facile resistere alle tentazioni. L'episodio di Bakersfield si allontanava sempre più nel passato. Sempre meno esso era parte di me stesso.

Oltretutto, un giorno dopo l'altro, stavo invecchiando. Gli impulsi che muovono un uomo, nel bene o nel male, col tempo tendono a diminuire.

Certo, potevo ancora essere turbato dalla vista di una bella donna. E a letto avevo ancora i miei ricordi e le mie fantasie, benché con molta meno insistenza. I ricordi lentamente tendono a svanire, e col tempo mi dedicavo meno a quanto ricordassi e più a quanto potessi solo immaginare.

Una donna che guardava casualmente dal finestrino di un'auto poteva avere un ruolo in una mia immaginazione una o due sere dopo. La giovane madre di un amico d'infanzia poteva emergere dai ricordi del passato e pensando a lei potevo conferirle alcune delle caratteristiche di Carolyn – colei che beveva Orange Blossoms, colei che non avrebbe mai saputo quanto vicina fosse stata al dolore e alla morte.

Mi sembrò che vi fosse un periodo in cui non pensavo quasi ad altro. Difficile attribuirsi il merito per il cambiamento – o il demerito, se preferite. Sicuramente anche l'età aveva la sua parte, ma, mi sembrava, anche l'abitudine. Perché avevo preso l'abitudine di tenere sotto controllo quella parte di me stesso, e ora non mi serviva più tenere le redini sempre tirate.

Poi il mio amico Myron Hendricksen fece cambiare tutto quando mi mise una mano sulla coscia.

ERA QUALCHE ANNO più giovane di me, qualche chilo più pesante, qualche centimetro più basso. Era un farmacista che aveva il proprio negozio. Faceva parte del Rotary e di un paio di altri circoli, e viveva . . .

Ma non importa dove vivesse. Ciò che importa è che io mi trovavo nella sauna della palestra, insieme ad altri due tizi, quando Myron Hendricksen entrò e si sedette accanto a me sulla panca di legno.

Niente di notevole, fino a quando gli altri due non furono usciti.

Allora Myron iniziò una conversazione, non ricordo su che cosa. Non vi prestai molta attenzione, ma notai che lui sembrava un po' nervoso, poco a suo agio.

Poi mi posò una mano sulla coscia. Io, come lui, avevo un asciugamano bianco avvolto attorno ai fianchi e, prima di riuscire a reagire alla presenza della sua mano, o a capire cosa stesse succedendo, egli la mosse qualche centimetro verso l'alto.

"Ma che cazz . . . !".

Lui ritrasse la mano. Lo guardai, e vidi la sua faccia afflosciarsi per la delusione. "Oh, Dio", disse, "pensavo, oh mio Dio, non so cosa avessi pensato".

Qualunque cosa avesse pensato, avrebbe dovuto aspettare a dirla, perché in quel momento la porta si riaprì ed entrarono altri due uomini, discutendo dei meriti relativi dei Cleveland Browns e dei Cincinnati Bengals.

Mi alzai e uscii dalla sauna. Rimasi sotto la doccia per circa un minuto, poi andai al mio armadietto. Non avevo fretta, e quando fui vestito lui arrivò dalla sauna. Feci un passo nella sua direzione e lo vidi ritrarsi per la paura.

Dissi: "Dobbiamo parlare".

Egli assentì.

"Al bar, qua all'angolo".

Andai al bar e mi sedetti in un separé laterale. Una cameriera mi portò del caffè, ma non lo toccai fino a quando Myron non fu entrato, non si fu guardato attorno, e non ebbe trovato la forza di venire verso di me. Rimase in piedi di fianco al sedile e disse: "Per piacere, non picchiarmi".

"Siediti", dissi. "Perché dovrei picchiarti?".

"Perché ti ho messo le mani addosso. Io onestamente pensavo . . .".

"Che mi sarebbe piaciuto?".

"Io pensavo che tu fossi . . .".

"Gay? Non lo sono".

"Questo è ormai chiaro. Dio, che faccia hai fatto. Come se non riuscissi a crederlo".

"Be' ", dissi, "in effetti . . .".

Vi fu un silenzio che durò fino a quando arrivò la cameriera. Myron ordinò qualcosa, e quando la ragazza se ne fu andata mi disse di sé anche più del necessario. Che era rispettabile, che era sposato, che amava la moglie e adorava i suoi figli, ma che era attirato dagli uomini e a volte si sentiva spinto ad agire a causa di questo impulso.

"Ci sto molto attento", disse.

"Quindi devi avere pensato che io fossi disponibile".

"Be' . . .".

Rifletté su come continuare. "Immagino che l'idea sia nata dal desiderio", disse. "Tu sei un uomo molto attraente".

"Se tu ci provassi con tutti gli uomini che trovi attraenti . . .".

"Sarei morto, o in prigione". Trasse un profondo respiro. "John, non c'era nulla in te che facesse pensare che tu fossi gay, niente nel tuo modo di vestire o di comportarti. Non ti ho mai visto osservare altri uomini con desiderio".

"Gli uomini non mi hanno mai attirato".

"Ma vi erano altri segnali da leggere. Pensavo, vedi, che fossimo nella stessa barca. Completamente in incognito, con un terribile segreto e terrorizzati che qualcuno lo scoprisse".

Il che non era sbagliato, ma non era il segreto che egli credeva.

La cameriera gli portò il suo panino. Volevo un rabbocco di caffè? Le dissi che ero a posto così.

"Per tutto il tempo da cui ti conosco", disse Myron, "tutto il tempo da cui ti ho notato, non ho mai visto nessuna indicazione che le donne ti interessassero".

Veramente?

"Non sei sposato, non hai una ragazza, non ti ho mai visto in compagnia di una donna. Se a un uomo non interessano le donne . . .".

"Allora devono interessargli gli uomini?".

"Be', che altro resta?".

"Le pecore", dissi; e gli ci volle un momento per capire che avevo fatto una battuta. Quando se ne rese conto, rise più di quanto fosse necessario, più di sollievo che per divertimento. Se facevo una battuta, allora era meno probabile che lo svergognassi con i suoi amici, o che gli dessi un pugno in faccia.

"Perché tu lo sappia", dissi, "sono esclusivamente eterosessuale. E hai ragione, non ho avuto rapporti con nessuno da quando sono arrivato a Lima".

Attese, mentre io decidevo come continuare.

"C'era una donna", dissi. "Ci amavamo molto. Ma è finita male".

"Ti ha lasciato?".

"Nel peggiore dei modi, Myron. È morta".

Be', quello almeno era vero.

MYRON NON SAREBBE potuto essere più comprensivo e più dispiaciuto per avere interpretato un dolore come un desiderio proibito. Dopo che io gli ebbi assicurato che avrei tenuto per me il suo segreto, egli mi pregò di non odiarlo.

"Odiarti? Perché diamine dovrei odiarti?".

"Perché . . .".

"Perché mi trovavi attraente? Questo è un complimento, non un insulto. Semmai, sono io che ho motivi per esserti grato".

"Sì?".

"Mi hai fatto capire una cosa", dissi. "Il mio rimpianto, la mia devozione a un amore perduto, erano tutte cose vere.

Ma nel tempo si sono fossilizzate e sono diventate un'abitudine. È ora che io mi rimetta in gioco".

E COSÌ FECI. Cautamente, timidamente. Uscii a pranzo con una donna, con un'altra andai al cinema, e in quelle occasioni mi preoccupai di sembrare a mio agio. Fino a un certo punto lo ero, ma una parte di me era sempre attenta a controllare lo stato delle mie emozioni.

Questa donna mi piaceva? La trovavo attraente? La conversazione tra noi era facile o difficile? Interessante o noiosa?

La volevo rivedere?

E a maggior ragione, volevo andare a letto con lei? O volevo prima ucciderla, e poi scoparla?

A volte mi chiedevo cosa diavolo pensassi di fare. La mia vita a Lima era abbastanza gradevole. Guadagnavo piuttosto bene e le mie prospettive erano buone. Avevo un numero sempre crescente di conoscenze con cui potevo decidere di passare poco o molto tempo, a seconda di come decidessi.

Non direi che avessi degli amici. Ma del resto non avevo mai avuto un amico, come potevo attendermi di farmene uno adesso?

In un negozio di souvenir avevo visto questa frase, incisa su una placca di legno:

Un amico sa come sei veramente
Ma ti vuol bene egualmente

Ecco, appunto. I miei conoscenti potevano essere solo persone con le quali io fingevo, poiché non avrei osato far sapere a nessuno chi io fossi veramente. Perché a loro sarebbe certamente importato. Come avrebbero potuto evitarlo?

Qualcuno di loro riteneva che io fossi omosessuale?

Myron lo aveva presunto, e aveva corso un grande rischio agendo secondo quel presupposto. "Immagino che l'idea sia nata dal desiderio", aveva detto, e probabilmente era vero. Ma, a parte chi l'avesse avuta, quell'idea era anche nata dall'osservazione di come io conducevo la mia vita.

Forse anche altri uomini e donne si chiedevano se io fossi gay. Per quel che vedessi, non vi erano indicazioni in tale direzione. Non parlavo come se ogni quattro parole ne sottolineassi una, non vestivo in modo sgargiante, non sostenevo che la danza classica fosse meglio del baseball. Si sarebbe potuto frugare tutto il mio appartamento senza trovare nemmeno un disco di Judy Garland.

Però, tranne che al lavoro, non ero mai visto in compagnia di donne. Ero uno scapolo, e il mio stile di vita non era tanto quello di uno scapolo d'oro (il quale cerca le donne), quanto quello di uno scapolo incallito (che le evita del tutto).

Mi importava cosa pensassero?

Non vedevo perché dovesse importarmi, eppure sembrava indubbio che fosse così.

Mi chiesi come mai.

ERO GAY? UN qualche tipo di gay?

Se fosse stato vero, erano passati moltissimi anni senza nemmeno che me ne rendessi conto. Provai a pensarci adesso, senza molto successo. Non sarei riuscito ad avere fantasie in cui comparisse Myron, e neppure nessuno dei commercianti e professionisti di mia conoscenza. Quindi mi immaginai un giovane uomo, completamente inventato. Alto, ben proporzionato, capelli biondi, occhi blu, pelle leggermente abbronzata. Fianchi stretti, spalle larghe.

Un pene piccolo, un pene grosso? Circonciso? Non riuscivo a mettere a fuoco il problema, quindi lo lasciai nel vago.

Provai a immaginarci nella camera di un motel, impegnati in varie attività sessuali. Le fantasie erano nel migliore dei casi poco convinte, nel peggiore, vagamente disgustose. Non riuscivo nemmeno a concentrarmi su di esse: scivolavo continuamente su pensieri del tutto non sessuali.

Argomento chiuso, pensai.

Poi una notte, dopo una serata non sgradevole con una donna divorziata – cena in un ristorante palesemente italiano, poi un cinema e infine un quasi-bacio sulla porta di casa sua – pensai che non stavo dando alla mia fantasia lo spazio che meritava.

Arrivai a casa, feci la doccia, mi versai un drink. Andai a letto.

Ora decisi che il mio partner immaginario fosse più giovane, più piccolo, meno muscoloso. Un ragazzo, in realtà poco più che adolescente, che stava sul ciglio di una strada col pollice alzato.

Un autostoppista.

Le fantasie con le autostoppiste erano sempre buone. Una ragazza che tornava a casa dal college. Jeans tagliati corti, una camicetta con due bottoni aperti. Una mossa veloce, una presa per soffocarla e metterla a nanna. Una deviazione con l'auto fino a trovare un posto non diverso dallo spiazzo delle coppiette nel quale Cindy Raschmann aveva sacrificato la vita per un bene superiore.

E così via.

Quindi, questa era stata la mia fantasia, e le detti via libera. Le lasciai elaborare i particolari, fino a quando il ragazzo si rendeva orribilmente conto che quest'uomo che gli aveva offerto un passaggio aveva tutt'altre intenzioni.

Un pugno nel plesso solare, prima, poi una presa a strangolamento, e il momento in cui gli afferravo i capelli con una mano e gli spingevo il mento con l'altra per spezzargli il collo.

Anzi, no, non subito. Prima lo si porta nel posto prestabilito, lo si trascina fuori dall'auto, gli si tolgono i vestiti.

E si aspetta che si riprenda, lo si penetra, e poi gli si

toglie la vita strangolandolo. Guardandolo negli occhi. Vedendo la luce che da essi se ne va.

No, non lo sopportavo, nemmeno nella fantasia. Se sentivo qualcosa, oltre a una certa repulsione, era un distacco dalle scene che mi costringevo a immaginare.

Era come guardare la televisione e aspettare che finisca la pubblicità di un deodorante.

***

IL CHE MI fa venire in mente una barzelletta, che ho sentito non so quando o dove. Ricordo che era raccontata con accento inglese, benché non sappia perché dovrebbe essere così.

"Dico, hai sentito di Carruthers?".

"No, direi proprio di no".

"Sembra che sia stato sorpreso mentre si faceva una giraffa".

"Una giraffa!".

"Una giraffa".

"Proprio l'animale, intendi?".

"Così si dice".

"Ma come faceva a . . .".

"Mi hanno detto che c'era una scala".

"Straordinario. Mhh, mi chiedo . . .".

"Sì?".

"Una giraffa maschio o femmina? Per caso lo sai?".

"Oh, femmina, ovviamente. Carruthers non è mica uno di quei tipi strani".

DUNQUE, LOUELLA.

Dopo alcuni mesi come scapolo disponibile, cominciai a capire che cosa stessi facendo. Stavo cercando una donna da sposare.

Ora mi sembra ovvio. Non mi serviva una donna per nascondere al mondo la mia omosessualità, e per due ragioni. Non ero gay, e in realtà non importava se la gente se lo chiedesse e traesse certe conclusioni. Avrei potuto praticamente bloccare quella voce, se avessi voluto, confidando a qualcun altro ciò che avevo detto a Myron Hendricksen, che soffrivo ancora per un amore perduto e restavo fedele a quel ricordo. Le voci girano, e benché sarebbe potuto accadere che alcune vedove o donne abbandonate di Lima mi puntassero, mi avrebbe reso semplice liberarmi di loro con un sorriso triste.

Non è ancora pronto, avrebbero detto. Deve averla veramente amata, avrebbero detto. *Ah, che donna fortunata doveva essere stata!*

Ah, sì. Fortunata come Cindy Raschmann . . .

Ma non importava. Cindy Raschmann era molto tempo prima. Cindy Raschmann era stata seppellita o cremata già da anni, e chiunque l'avesse conosciuta avrebbe ormai faticato a ricordare che faccia avesse, o qualcosa di lei.

E soprattutto, io non ero più l'uomo che l'aveva uccisa. Io e quell'uomo potevamo avere le stesse impronte, lo stesso DNA, ma come si poteva dedurre che fossimo la stessa persona?

Io ero stato un vagabondo, un incidente che cercava un posto dove avvenire. Un uomo che indossava la camicia di qualcun altro, col nome di qualcun altro sul taschino. Era mai esistito un tizio di nome Buddy, un uomo che era entrato in un bar e ne era uscito per mettersi nei guai?

Se mai era esistito, era sparito da tempo.

Altrimenti, vi sarebbero stati altri cadaveri. È quello che fanno i tipi come quel Buddy, continuano a fare le stesse cose, a volte incautamente, a volte con attenzione, ma non si fermano. Come potrebbero? Perché dovrebbero?

Leggevo di loro, sapete? Non so chi comperi libri che parlano di serial killer. Donne che vogliono essere spaventate, o in qualche modo rassicurate? Uomini che vogliono esplorare, a distanza di sicurezza in una biblioteca, ciò che segretamente aspirerebbero a fare essi stessi?

Quindi io leggevo libri su di loro. Di Ted Bundy e Ed Kemper, e moltissimi altri di cui non conoscete i nomi, a meno che gli scaffali di casa vostra contengano gli stessi volumi dei miei. Ted e Ed – curioso che vengano ricordati con questi nomignoli – erano i favoriti, anche se forse questo non è il termine esatto. Intendo, ovviamente, che divoravo i libri su di loro e leggevo tutto ciò che riuscivo a trovare.

A volte, lo ammetto, entrava in gioco un interesse pruriginoso.

A volte trovavo eccitante il loro comportamento e portavo nel mio letto, per modo di dire, le loro imprese. Ma più che altro mi interessava sapere come fossero loro. Non per i traumi infantili che li avevano trasformati, ma come vivessero dopo essere diventati dei mostri.

Bundy e Kemper (o Ted e Ed, se preferite) erano due tizi che avevano rovesciato il normale ordine di sesso e omicidio. L'atto dell'omicidio era il mezzo per un fine, un metodo per ottenere un partner sessuale. (Anche questo potrebbe non essere il termine più adatto). L'uccisione era afrodisiaca, anche stimolante, ma la vera ricompensa avveniva dopo la morte.

Qualcuno – poteva essere stato Ted, poteva essere stato Ed, poteva essere stato qualcun altro – aveva confidato che il sesso migliore in assoluto era un rapporto anale con una donna che fosse stata strangolata al massimo da mezz'ora. Un rapporto nella vagina, affermava, veniva subito dopo.

Ma d'altra parte, il sesso con una persona morta può dipendere dalle circostanze. Una decisione presa sui due piedi, se volete. Come un acquisto impulsivo.

Due cugini, conosciuti come gli Strangolatori di Hillside, erano sadici che torturavano le loro vittime mentre facevano sesso con loro. In almeno un'occasione (a meno che non fosse stata un'invenzione del giornalista), circa dieci minuti dopo avere concluso due ore di torture torcendo il collo alla donna, uno dei due osservò: "Cristo, è ancora calda!".

E la scopò di nuovo.

LOUELLA.

Continuo a voler dire di lei, ma sembro incapace di continuare. Parto sempre per la tangente. Non che queste divagazioni siano senza interesse, certo, ma...

Basta.

Avevo smesso da tempo con la vita del vagabondo omicida.

Sempre più mi sembrava difficile immaginarmi in quella parte. E non volevo altro se non diventare la persona che tutti, speravo, avrebbero pensato io fossi.

È troppo astratto?

Riproviamo. Volevo che i miei conoscenti – i miei vicini, i miei colleghi del Rotary, i miei soci in affari, la mia clientela – mi vedessero come un individuo della media borghesia, tranquillo ma socievole, un po' conservatore per quanto riguardava la politica, l'abbigliamento e il comportamento: una colonna dell'ordine prestabilito.

E, cosa importante, non volevo fosse una finzione. Io volevo sinceramente diventare quella persona.

Dunque volevo una moglie. Dei bambini. Una casa – non doveva essere enorme, ma sarebbe dovuta essere piacevole e accogliente, con un giardino ben tenuto, con aiuole e un prato ben rasato.

Gli appuntamenti che avevo – quasi sempre una cena e un cinema – iniziarono come una facciata di comodo e senza che ne fossi intenzionalmente consapevole diventarono delle audizioni. Prima che me ne rendessi conto, stavo cercando una donna che stesse con me in quella accogliente casetta, che piantasse fiori nel giardino mentre io rastrellavo l'erba. Una volta resomi conto di questo, capii perché raramente rivedevo una donna, e nessuna l'avevo vista più di due volte.

Erano di piacevole compagnia, presentabili e anche attraenti. Per la maggior parte erano state sposate, benché alcune non lo fossero state, ma avevo la sensazione che nessuna di esse sarebbe stata contraria a seguirmi all'altare, se l'uomo giusto avesse avuto una simile intenzione.

O a seguirmi a letto, peraltro. Più di una serata si era conclusa con l'invito a entrare in casa per un caffè.

Più di una di quelle donne aveva trovato una scusa per toccarmi il braccio o il dorso della mano, in modo da stabilire una certa intimità e insieme sollecitandone altra.

Lasciavo cadere quegli inviti, sperando di riuscire a sembrare inconsapevole che fossero delle profferte. "Oh, ho già bevuto anche troppo caffè", dicevo. Oppure inventavo altre ragioni per dovere tornare a casa mia.

Quelle sere finivano con fantasie nelle quali figuravano le mie compagne di cena? Stranamente, no. Per lo più leggevo fino ad avere sonno, scegliendo libri meno stimolanti di quelli su Ed e Ted e i loro simili. Magari un giallo inglese, o uno di quei volumi pieni di entusiasmo che spiegano come aumentare il proprio giro d'affari visualizzando il successo, o sviluppando un atteggiamento positivo, o elencando ogni sera cinque cose che avevate fatto durante la giornata per avvicinarvi ai vostri obiettivi.

Quali che fossero.

LOUELLA SHIPLEY.

Era una cliente del negozio, e la prima volta in cui le parlai – la prima che ricordo – fu quando lei comperò una pentola a pressione. Stavo battendo lo scontrino, quando ella disse: "Per il rabarbaro".

"Per il rabarbaro?".

"Oh, l'ho detto a voce alta? Lo stavo pensando, e mi deve essere sfuggito. Scusate".

Non vi era motivo per continuare la conversazione, ma io lo feci. "Adesso mi dovete dire del rabarbaro".

"Mia nonna lo coltivava nell'orto", disse. "In un angolo all'ombra. Sapete com'è fatto?".

"Vagamente".

"Foglie verde scuro e gambi rosso scuro. Dicono che le foglie siano velenose".

"Dicono?".

"Be' ", disse, "non ci posso giurare. Non le ho mai mangiate".

"Per fortuna, direi".

"Non ho mai conosciuto nessuno, o sentito di qualcuno, che le abbia mangiate. Ma tutti i libri mettono in guardia dal farlo".

"Tutti i libri?".

"Non *Il Coniglietto Peter*", disse. "O *Il Potere del Pensiero Positivo*. O . . . be' potrei continuare".

"Immagino di sì".

"Tutti i libri che parlano del rabarbaro dicono di non mangiare le foglie".

"Ci sono molti libri che lo citano?".

"I libri di cucina. E quelli di giardinaggio. È molto facile da coltivare".

"E da cucinare?".

"Basta ricordarsi di eliminare le foglie".

"Perché sono velenose".

"Così si presume", disse lei. "Sono pericolose per via dell'acido ossalico. Ma ovviamente l'acido ossalico c'è anche negli spinaci, nelle foglie della barbabietola e, oh, in molte verdure".

"Molte delle quali, le ho mangiate e sono sopravvissuto".

"Ma non foglie di rabarbaro?".

"Mai, nemmeno una".

"Molto saggio. Sono letali, se è vero, a causa dell'alta concentrazione dell'acido ossalico".

Se ci fosse stata coda alla cassa, la conversazione sarebbe

finita da un pezzo. Ma non c'era nessuno nel raggio di cinque metri, e nessuno di noi due sembrava a corto di parole.

Sollevai la pentola a pressione, ancora nella sua scatola. Era marca West Bend. Non so perché me lo ricordi.

"Rabarbaro", dissi.

"Il segreto della nonna. Immagino che avrete mangiato del rabarbaro qualche volta".

"Di solito in un dolce".

"La torta al rabarbaro".

"E quella con rabarbaro e fragole. E un paio di volte come contorno".

Lei assentì. "È come la salsa di mele", disse, "solo che ovviamente è diversa. Però c'è una cosa: è verde".

"Mentre la salsa di mele . . .".

"Lasciate perdere la salsa di mele, non so perché l'ho nominata. Il rabarbaro è rosso, quando lo si coglie o lo si compera al mercato. Le foglie sono verdi, naturalmente, ma quelle si lasciano perdere".

"Fatto, insieme alla salsa di mele".

"Ma quando lo si cuoce, a volte diventa verde. Non ho idea del perché".

"Interessante".

"No, non è interessante", disse lei, "ma il punto è che il rabarbaro di mia nonna era sempre rosso quando lo portava in tavola; e sapete qual era il suo segreto?".

"Lo faceva in una pentola a pressione".

Lei sgranò gli occhi. "Come fate a saperlo?".

"Ho tirato a indovinare".

"Be', sono impressionata". Prese il portafoglio dalla borsa e contò il denaro per la pentola a pressione. Io dissi: "Vorreste cenare con me questa sera?".

Sembrò preparato? Poteva esserlo. Mi stavo ripetendo la frase dentro di me da diversi minuti, cercando il modo migliore per dirla.

"Con piacere", disse lei, senza esitazione. Poi aggiunse: "Oh, volete dire al ristorante?".

"È un problema?".

"Di solito no, ma la mia baby-sitter si sta riprendendo da una cosa che non dovrei sapere essere un intervento per l'aumento del seno. Ce ne sono altre che potrei chiamare, ma farlo all'ultimo momento potrebbe essere difficile. Ah!".

"Sì?".

"Venite da me. Così non servirà chiamare una baby-sitter, no?".

"Direi di no".

"Farò io da mangiare", disse. "Farò il rabarbaro".

NON PREPARÒ IL rabarbaro. Non ricordo cosa avesse fatto, e in realtà non badai troppo al cibo. Ma sono sicuro che fosse buono, perché era brava a cucinare.

Era brava anche a mettermi a mio agio.

Era facile trovarsi a proprio agio con lei; era facile guardarla e immaginarla come moglie e come compagna.

Immagino che non fosse una bella donna, non era bella come una modella o graziosa come un'attrice; ma era sicuramente attraente. Guardandola, non vedevo la necessità di dover cambiare qualcosa in lei. La trovavo perfettamente accettabile così com'era.

Dopo cena riempì dei bicchieri di tè freddo – nessuno di noi voleva del caffè – e ci sedemmo sotto il portico su due sedie a dondolo, sorseggiandolo. Chiacchierammo, come avevamo fatto durante tutta la cena, e quando la conversazione languiva restavamo in silenzio. Quei momenti sembravano, stranamente, più intimi di quelli in cui parlavamo.

Louella aveva trentadue anni, era vedova e aveva un bambino, Alden, di nove anni, il quale pensava di essere abbastanza grande da poter restare a casa da solo. "Sono fiera che lui lo creda, ma non tanto sciocca da accontentarlo".

Si era sposata a ventitré anni e aveva avuto il bambino a venticinque.

Suo marito, tre anni più anziano di lei, aveva una malattia cardiaca congenita di cui nessuno si era accorto, ed era morto nel sonno meno di un mese dopo il secondo compleanno del figlio.

"Una mattina io mi svegliai, e lui no".

Il marito, Duane Shipley, era un agente assicurativo che era il miglior cliente di sé stesso, come spesso capitava nella sua professione. Lei ebbe abbastanza denaro da poter pagare tutto il mutuo della loro modesta casa, perché preferiva possederla libera da ogni debito. Quello che restava l'aveva impegnato in un fondo fiduciario dal quale riceveva ogni mese degli interessi. Non era molto, ma aiutava, e le sue spese erano contenute.

E lavorava. Prima come insegnante supplente, ma dovendo pagare l'asilo arrivava a malapena a farcela, e poi voleva restare a casa col bambino. Così, imparò il lavoro di contabile, fece sapere agli amici che cercava clienti, e ben presto ebbe tutto il lavoro che voleva.

"E una contabile non deve mai temere di non essere pagata", disse, "perché è lei che scrive gli assegni".

Io le raccontai un po' di me, e la maggior parte di ciò che le dissi era vero. Un po' della mia famiglia, un po' della mia infanzia. Le dissi che avevo avuto una storia d'amore finita male, che mi aveva lasciato solo il desiderio di andarmene. "Salii in auto e andai verso est", dissi. "Arrivavo in una città e mi trovavo un lavoro, ma prima che mi sistemassi un po' sentivo di nuovo la necessità di ripartire".

"Mi ricorda una canzone".

" '*Ma non me ne vado mai*' . . . Solo che io, appena pensavo ad andarmene, lo facevo. Preparavo le valigie, salivo in auto e cercavo il prossimo posto dove fermarmi".

"Che era Lima".

"Alla fine, sì", dissi. Non chiedetemi perché sono rimasto qua".

"È un argomento delicato?".

"No, ma è una domanda alla quale non ho risposta. Sono rimasto per un po', e senza accorgermene mi sono sistemato e ho cominciato a mettere radici. Non so quale fosse la ragione che aveva fatto di me un nomade, ma direi che aveva perso forza e si era esaurita. Quale che sia la spiegazione, non ho più sentito il desiderio di ripartire".

"E quando il desiderio ritornerà?".

La fissai per un momento. "No", dissi, "Questo non accadrà".

MI ERO INNAMORATO?

Difficile dirlo.

Quando lasciai casa sua quella sera, lo feci con la certezza che quella fosse la donna che avrei sposato. Stavo cercando moglie da un po', ma non in modo disperato. Gli appuntamenti che avevo avuto erano come delle prove, nelle quali immaginavo la mia compagna di cena come partner matrimoniale; ma anche prima che arrivasse il dolce sapevo che la donna seduta di fronte a me non lo sarebbe stata.

Con Louella era completamente diverso. La sua presenza mi stimolava, ma contemporaneamente in sua compagnia riuscivo a rilassarmi. Tornando a casa, quella prima sera, mi trovai a immaginare di essere suo marito. Di tornare dal lavoro, di sedermi a tavola. Di essere il padre di suo figlio.

Non l'avevo ancora conosciuto, e già mi immaginavo come suo padre. Alden Shipley . . . o l'avrei adottato? Lui non aveva mai conosciuto il padre, e se sua madre fosse diventata Louella Thompson, perché lui non sarebbe potuto essere Alden Thompson?

Sembravo impaziente di dare a qualcuno un nome che non era nemmeno il mio.

———

COSÌ CORTEGGIAI LOUELLA Shipley. Solo che il verbo suggerisce una specie di guerra che si spera di vincere; ripensandoci, però, vedo che questo non era mai stato necessario. Da quella prima sera a casa sua, era chiaro per entrambi che il futuro era sostanzialmente deciso. Quando io tornai a casa e lei salì al piano di sopra per andare a letto, eravamo già diventati una coppia.

Ciononostante, il corteggiamento procedeva gradualmente, vale a dire che l'aspetto sessuale si muoveva avanti lentamente, in vero stile vittoriano. E non perché lo volesse lei, ma perché io mi comportavo così. Non so se avrei potuto portarla nella sua stanza da letto quella prima sera, ma non è impossibile; avevamo legato, provavamo piacere della reciproca compagnia, e se io le avessi messo un braccio attorno alle spalle, le avessi dato un bacio e avessi proposto di salire in camera, non sono certo che mi avrebbe detto di no.

Ma non posso dirlo con certezza, perché ovviamente non l'avevo fatto. Fu solo al terzo o quarto appuntamento che io la baciai, e non senza un certo calcolo. Eravamo sotto il suo portico, e lei stava per entrare in casa e pagare la baby-sitter, che io avrei dovuto portare a casa. Quindi ci baciammo con passione, sentii la dolcezza della sua bocca, e poi dovemmo staccarci. Io attesi, lei entrò in casa e la baby-sitter, una ragazza delle superiori col viso pieno di lentiggini, ne uscì con uno zaino su una spalla.

La portai a casa sua, e poi anch'io tornai a casa. E telefonai a Louella per dirle quanto mi fosse piaciuta la serata, e che ero tornato direttamente a casa dopo avere depositato Jennifer, perché ero molto stanco e l'indomani dovevo alzarmi presto. Ci accordammo per andare a provare un nuovo ristorante messicano dopo due giorni.

E così via.

―――――

NON È DIFFICILE immaginare perché temporeggiassi. Non perché pensassi che fosse essenziale per i miei progetti a lunga scadenza. Può essere che vi siano donne che si devono conquistare con la timidezza, ma Louella non era di quel tipo. Stava chiaramente attendendo che io la portassi a letto, e mi mandava chiari segnali quando appoggiava la sua mano sulla mia, al tavolo della cena, o mi guardava in un certo modo.

Che cosa mi tratteneva?

La paura, ovviamente. Avevo paura. Non di Louella, ma di me stesso. Di quello che avrei potuto fare, di quello che già sapevo essere capace di fare.

Ammettiamo che provassi l'impulso di colpirla. Ammettiamo che le mie mani, quasi per volontà propria, le afferrassero il collo.

Supponiamo che tutto quello che avevo fatto fosse servito solo per aumentare la mia eccitazione.

Supponiamo che io la uccidessi. Supponiamo che scopassi il suo cadavere.

Dovevo sforzarmi per pensare queste cose, ma era impossibile evitarle, e mi davano la nausea.

Non sei più quello di una volta, mi dicevo.

E una voce interiore replicava: *Il lupo cambia il pelo, ma...*

E così, aspettavo.

ASPETTARE FU FACILE. Avevo aspettato per anni.

Cindy Raschmann, vedete, era l'ultima donna con la quale ero stato.

So che sembra difficile da credere, e improbabile. Ma l'ultima volta in cui avevo fatto sesso con qualcuno, era stato con una ragazza morta. Uccisa con le mie mani. Era stato per pura fortuna che me l'ero cavata, e ulteriore fortuna mi aveva portato lontano dalla mia vita precedente.

E che trasformazione avevano prodotto tutti quegli anni! Io, che ero stato un vagabondo, mi ero trasformato in un uomo d'affari, con una buona posizione creditizia, denaro in banca, tre completi e altrettante giacche sportive nell'armadio, ed ero socio di un paio di club di servizio e di una grande palestra.

Ormai ero libero e al sicuro. Male che andasse, la polizia di Bakersfield avrebbe archiviato l'omicidio di Cindy come un caso irrisolto, che poteva solo essere sempre più dimenticato man mano che gli anni passavano. Ma avrebbero anche potuto stabilire che era stato risolto: in California gli uomini avevano continuato a uccidere delle donne, e ogni tanto uno di essi veniva preso. Chi può dire quanti omicidi erano convenientemente – benché erroneamente – attribuiti al figlio di puttana? E che cosa avrebbe potuto fare il povero bastardo? No, no, su quella troietta non ho mai messo le mani. È una rossa, no? Ma che uomo si scoperebbe una rossa?

Sì, proprio.

Così, da tempo avevo smesso di temere che qualcuno con un distintivo si facesse vivo alla mia porta. Non temevo la polizia di Bakersfield, né l'FBI, né l'Interpol.

Il problema non era il passato.

Il problema era che cosa sarebbe potuto accadere . . . se io avessi permesso che accadesse qualcosa.

La prospettiva di perdere ogni cosa – la sua vita, la mia nuova vita – mi sembrava reale, ed era un rischio più grande di quanto io mi sentissi pronto ad affrontare. Meglio concludere le serate con un abbraccio e un bacio, e tornare a casa.

MA TUTTO QUESTO non poteva durare troppo a lungo. Gli abbracci, per quanto contenuti, mi eccitavano. Tornato a casa, nel mio letto, mi ritrovavo a pensare a Louella. Desideri sessuali sorgevano in me più forti di quanto ricordassi da molto tempo. Ma la immaginavo tra le mie braccia, nel mio letto, e non volevo abbandonarmi a quelle fantasie per paura che diventassero violente.

Sembra strano, pensandoci ora, che avessi paura ad immaginare di fare sesso con Louella per paura della piega che la mia immaginazione poteva prendere.

Era impossibile mantenere per sempre quella situazione. Quanto ci sarebbe voluto perché Louella arrivasse alla stessa conclusione di Myron? Lui aveva pensato che io fossi gay, e aveva fatto un tentativo. Se anche lei fosse arrivata alla medesima congettura...

Basta. La mattina, andando al lavoro, mi fermai in una farmacia e comperai una scatola di preservativi.

CENAMMO A CASA sua. Io portai del vino. Alden era a tavola con noi, e guardò la televisione fino a quando non fu la sua ora per andare a dormire. Louella salì per metterlo a letto; io mi spostai dalla sedia al divano, e quando lei ritornò si mise accanto a me.

Ci baciammo, abbracciati. Vi fu un momento in cui lei

sembrò sul punto di invitarmi a salire di sopra, ma non lo fece; immagino avesse paura che io rifiutassi.

Così, al momento giusto, le dissi che non mi aveva mai fatto vedere il resto della casa. La sua espressione si rilassò e senza dire una parola mi prese per mano e mi condusse su per la scala.

Il suo corpo era molto bello. Era fatta, come dicono delle auto, più per la comodità che per la velocità. Seni ben fatti, fianchi larghi, un leggero accenno di pancia. La baciai, la accarezzai, mi piacevano le sensazioni che mi dava, mi piaceva il suo odore e il suo sapore, e ben presto io ebbi un'erezione e lei diventò umida, e io la penetrai.

Mi ero scordato del preservativo, ma quando me ne ricordai lei mi lesse nella mente prima che io potessi ritirarmi. "Prendo la pillola", disse.

Vi fu qualcosa di inspiegabilmente eccitante nel modo in cui lo disse. La scopai con lunghi movimenti penetranti, prima lentamente, poi con più energia, e fui preso da un senso di soverchiante sollievo. Sarebbe andata bene, dopo tutto,

Louella ebbe un orgasmo. La mia mente scivolò verso il passato, o forse verso un presente alternativo, e io ero con una donna immaginaria, una miscela di Cindy, di Carolyn e chissà chi altre, lanciai un grido e venni.

DOPO TORNAMMO DA basso. Nella bottiglia era

avanzato un po' di vino, abbastanza per due bicchieri scarsi. Io mi ero rivestito, e lei aveva indossato una vestaglia; dopo avere terminato il vino andai a casa.

La mattina seguente telefonai a un fiorista e le feci consegnare una dozzina di rose rosse. Lei mi chiamò per ringraziarmi e stabilimmo che quella sera lei avrebbe preso una baby-sitter, così che noi potessimo andare a cena fuori. Cenammo velocemente, saltammo il dolce e andammo nel mio appartamento, e subito a letto. Trovavo il suo contegno, insieme riservato e intensamente desideroso, estremamente attraente.

Non avevo avuto sesso, se non con me stesso, da secoli. E anche prima di Cindy Raschmann, ne avevo avuto piuttosto poco.

Ciò che mi capitava non era mai veramente soddisfacente, e spesso lo rendevo tollerabile grazie a fantasie che avrebbero sconcertato le mie partner.

Non avevo mai avuto qualcosa che si potesse definire una storia d'amore.

Ma questa la sembrava. Prendemmo l'abitudine di vederci tre o quattro volte la settimana, e nessuno di noi passava la notte a casa dell'altro. Gli incontri nel mio appartamento erano preceduti da una cena o un cinema, o entrambi. A volte cenavo da lei e dopo salivamo al piano superiore dopo che Alden si era addormentato. Altre volte cenavamo separatamente, e io passavo da lei dopo che il ragazzo era andato a letto.

Più di una volta fui sul punto di chiederle di sposarmi.

Mi era chiaro che si stesse attendendo una proposta, ma era anche chiaro che poteva aspettare con pazienza. Non parlammo mai dell'argomento.

Che cosa aspettavo? Avevo già deciso, durante la conversazione sul rabarbaro, che questa era la donna che avrei sposato. Da allora avevo capito che non ci annoiavamo a vicenda, che i nostri comuni silenzi erano piacevoli come i nostri vivaci scambi di battute. Che con lei potevo aprirmi – tranne, ovviamente, per ciò che non potevo rivelare.

E anche altro: che stava bene in jeans e maglione, o con la gonna e una blusa, e anche meglio senza nessun vestito. Che cosa le piaceva fare a letto, e cosa le piaceva che le fosse fatto.

Che una cosa che la divertiva della sua professione era avere scoperto che la parola inglese *bookkeeper* – contabile – è la sola che contiene la sequenza di due O, due K e due E. "Per quanto ne so", disse.

POI UNA NOTTE, dopo tre mesi che ci frequentavamo, mi venne in mente di suggerire qualcosa di nuovo.

"Mi piacerebbe che provassimo una cosa", dissi.

"Oh?".

"Sta' distesa perfettamente ferma", dissi. "Non muoverti".

"Come la Bella Addormentata? E tu mi sveglierai con un bacio?".

"Oh, ti bacio, e ti tocco, e vengo sopra di te, e dentro te. Ma tu continui a dormire".

"E non posso muovermi?".

"No".

"Come se fossi legata", disse, "ma senza corda".

"E senza che tu lo sappia. Non ti rendi conto di quello che succede. Se senti qualcosa, pensi che sia un sogno".

"Che succede se ho un orgasmo?".

"Sarà come averlo in sogno".

Lei esitò, e io mi resi conto che poteva non essere stata un gran che come idea. Non l'avevo pianificata, mi ero sorpreso a dirla quasi quanto avevo sorpreso lei. Dissi: "Mi sa che non è una bella idea. Era solo un pensiero che mi era venuto".

"Voglio farlo", disse lei.

"Non devi per forza".

"No, davvero. Voglio farlo. Ma non devo fare nulla, resto solo ferma?".

Feci cenno di sì, e lei chiuse gli occhi. E attese che io facessi tutto ciò che volevo.

COSÌ LEI RIMASE ferma, ferma come una dolce morte, mentre io facevo ciò che mi dava piacere. Il mio piacere e il suo, perché feci tutte le cose che avevo imparato a farle.

Inizialmente fui eccitato, eccitato dalla sua deliberata finzione di incoscienza, e della non deliberata imitazione della morte. Ma poi mi sentii terribilmente consapevole di ciò che stavo facendo e mi resi conto che non sarebbe finita bene e che questo avrebbe potuto rovinare la nostra relazione che stava fiorendo. Ebbi l'impressione che Louella mi osservasse e mi giudicasse.

Ma poi, mentre la mia bocca era su di lei, qualcosa cambiò.

Lei si stava eccitando.

Lo sentivo, ma lo sapevo senza prove. Lei restava immobile. Forse vi fu un leggero cambiamento nel suo respiro, forse no. Non era il suo comportamento, ma la sua energia che era cambiata, e me ne resi conto senza poterla definire.

Qualcosa si sciolse dentro di me, qualche nodo in qualche muscolo metaforico riuscì a dissolversi. Sparì una nebbia, una nube si disperse. Ciò che stavo facendo mi prese completamente.

Ma ora, con mia stessa sorpresa, sento la necessità di calare un velo. Quando mi siedo nella mia parte di diabolico cronista, le parole fluiscono facilmente, come se la mia psiche avesse preso la sua dose giornaliera di diuretico. Sono stato in grado di scrivere, senza molto sforzo e con poche inibizioni, dei miei più profondi e insopportabili segreti, e di farlo nei più orrendi dettagli.

Ma descrivere la mia avventura con Louella sembra oltre

le mie capacità. Ho faticato a trovare le parole, mi sono bloccato sulle frasi, cancellandone una dopo l'altra.

Scrivi e basta, mi dicevo. Metti solo giù le parole. Puoi tornarci sopra dopo e correggerle.

Invece, continuavo a cancellare, modificare, riprovare. Sembra esserci un'area riservata, mia o sua, che non sono pronto a invadere.

E non ho tutto il tempo di questo mondo, sapete. Quindi, calo un velo.

"OH, CARO. COME hai fatto a pensarlo? E come sapevi che mi sarebbe piaciuto?".

"Ma ti è piaciuto?".

"Non ho avuto un orgasmo. Non esattamente. È stato come averlo avuto, ma non è stato il mio corpo ad averlo. Ha senso?".

"Credo di capire cosa intendi".

"Quello che credo è che l'avrei avuto se non mi fossi trattenuta. È stato bello lasciare che una parte di me fosse solo una spettatrice. Sai, che osservava solamente. La prossima volta . . . oh!".

"Cosa?".

"Be', forse non vorrai riprovare. Ma a te è piaciuto, vero?".

"Non l'hai capito?".

"Volevo solo esserne sicura".

UN PAIO DI giorni dopo lei mi disse. "Oh, ho tanto sonno. Guarda, sto sbadigliando. Non riesco a tenere gli occhi aperti. Lo so che è presto, ma ti spiace se andassi a letto?".

"Mi pare una buona idea".

"Sono così stanca. Butto i vestiti su questa sedia perché non ho la forza di appenderli. So che mi addormenterò appena poserò la testa sul cuscino".

Mi chiesi se fosse la novità che aveva reso così emozionante, per lei e per me, il nostro primo gioco alla Bella Addormentata e aveva prodotto parte dell'eccitazione; ma la seconda volta, senza l'ansia da prestazione, fu soddisfacente come la prima, anzi ancora meglio.

Questa volta la sentii trattenersi quando si avvicinava all'orgasmo, e anch'io resistetti fino a che riuscii. Poi emisi un grido che la liberò, le fece mollare i freni e concedere soddisfazione al suo corpo.

Più tardi, mentre stavamo bevendo del caffè decaffeinato, le dissi che avremmo dovuto sposarci.

"Oh, mio caro", disse lei, "Credo che lo siamo già".

E VISSERO A lungo felici e contenti.

Ci ho messo una vita a scrivere questa frase. Non a battere i tasti nel giusto ordine, quello è semplice. Ma a sentire le parole nella mente, immaginarmele, e infine ordinare alle dita di scriverle.

Riuscito almeno a farlo, sono rimasto seduto a lungo fissando quelle sette parole sullo schermo.

A leggerle e rileggerle.

A selezionarle col cursore, in modo da poterle cancellare premendo un solo tasto. A spostare il cursore, cliccare col mouse e lasciarle dove erano.

E poi spegnere il computer fino al giorno seguente.

Ho avuto l'abitudine, da quando ho iniziato questo progetto senza nome, di mettermi ogni giorno al computer e dire ciò che ho da dire. Se ho tralasciato questo impegno, è stato perché me ne ero dimenticato o perché ero troppo occupato per trovare il tempo.

Ora, per la prima volta, ho deciso volontariamente di stare alla larga dal mio portatile.

Non vuole dire che abbia smesso di pensarci. Al contrario.

Il mio lavoro era terminato, il mio scritto era giunto alla sua naturale conclusione? "E vissero a lungo felici e contenti" era il modo migliore per finire? Dopo tutto, era il modo classico con cui finivano le favole raccontate ai bambini.

O almeno, così era una volta. Non sono sicuro che i bambini di oggi credano al lieto fine.

No, lasciare chiuso il computer non è servito a fermare la sfilata dei miei pensieri. Per tre giorni li ho avuti in testa, e ora sono di nuovo qua, con le dita sulla tastiera.

Perché è ormai anche troppo evidente che il solo modo per liberarmi la mente è riversarne il contenuto sullo schermo.

DUNQUE: SIAMO VISSUTI felici e contenti.

Il matrimonio fu semplice e modesto. Qualche anno prima ero diventato membro di una congregazione Presbiteriana, nello stesso modo in cui ero diventato socio del Rotary, del Kiwanis e del Lions. Si va più d'accordo con tutti se si appartiene a un gruppo. Ma io limitavo la mia partecipazione a firmare assegni un paio di volte l'anno, ed era più frequente questo che non la mia presenza alla funzione della domenica.

Louella era stata cresciuta secondo una confessione Protestante, non ricordo quale, ma il suo primo marito, Duane Shipley, era un ex cattolico passato all'ateismo. Era diventato ferocemente anticlericale, e lei sospettava che il responsabile di quella trasformazione fosse stato qualche pedofilo in tonaca. Quale che fosse la ragione, lui aveva insistito per una cerimonia civile in municipio, e lei era stata d'accordo.

Dopo essere rimasta vedova, si era lasciata convincere a seguire qualche amica alla funzione della domenica, ma quelle occasioni non proseguirono ulteriormente. A un certo punto uno dei suoi vicini, con un figlio dell'età di Alden, le aveva chiesto se voleva lasciare che Alden seguisse la loro scuola parrocchiale della domenica, e il ragazzo l'aveva frequentata per tre domeniche successive.

Gli aveva chiesto se gli piacesse. "Non molto", aveva risposto, ed era stato felice di sentirsi dire che non era costretto ad andarci ancora.

Conoscevo un giudice di contea che ci avrebbe sposato, ma pensai che avrei potuto anche trarre qualche vantaggio in cambio degli assegni che avevo emesso per anni, così chiesi a Louella se le sarebbe andato bene un matrimonio Presbiteriano. L'idea le piacque, vedemmo il celebrante e organizzammo una piccola cerimonia.

La sola parente con la quale Louella era ancora in contatto era la sua sorella maggiore, Marian, che era andata alla Indiana State University.

Dopo la laurea vi era rimasta, e si era spostata anche in Colorado e in California; ma prima o poi era sempre tornata a Terre Haute. Le sorelle si scambiavano biglietti di auguri a Natale e un paio di volte l'anno Louella riceveva una telefonata da Marian nel cuore della notte.

Ero presente a una di esse. Eravamo nella stanza da letto di Louella e lei aveva appena spento la luce quando il telefono aveva suonato. Ero uscito dalla stanza per lasciarle un po' di privacy, e quando ero tornato mi aveva detto che era Marian, come avevo intuito, e che sembrava avesse bevuto, come sospettavo.

Adesso fu Louella, che non aveva bevuto, a telefonare a Marian per invitarla ad essere la madrina d'onore. "Era tutta eccitata", mi riferì, "e mi ha subito corretta. Damigella

79

d'onore, non madrina, perché lei non è sposata. Come sarà rivederla? Terre Haute è a quanto . . . quattro ore d'auto? Era venuta per il funerale di Duane, ma da allora non è più tornata".

"E tu non sei andata a Terre Haute".

"Non sono mai andata a Terre Haute. La sola ragione per farlo sarebbe vedere Marian, ma sembra sempre che non valga la fatica. Lei è la sola parente che ho, e due o tre volte l'anno beve un drink di troppo e allora prende il telefono e mi chiama; se non lo facesse non ci sentiremmo più del tutto. E la tua famiglia . . .".

Ero stato dato in affido, le dissi, e mi inventai un paio di tutori che erano stati severi e distanti. Mi avevano preso quando avevano più di cinquant'anni, e quasi sicuramente adesso non c'erano più.

Lei mi guardò. "La famiglia saremo noi".

E lo eravamo davvero. Dopo alcuni mesi avevo legato abbastanza con Alden da prenderlo da parte e chiedergli cosa avrebbe pensato se io lo avessi adottato. Gli dissi di pensarci pure con calma, e per tutta risposta lui mi gettò le braccia addosso. Sarei diventato suo padre, e lui avrebbe cessato di essere Alden Shipley, un nome caratteristico e che aveva avuto legittimamente, sostituendolo col cognome di Thompson, che non era caratteristico e nemmeno autentico.

"Alden Wade Thompson", disse, provando a pronunciarlo. Assentì solennemente, chiaramente abbastanza soddisfatto del nome, ma qualcosa nel suo tono mi diede un'idea.

"Sai", dissi, "il tuo primo padre era una brava persona e aveva un buon nome. Forse vorresti tenerlo come secondo nome".

"E non usare più Wade?".

"Non c'è motivo perché non si possa avere più di un secondo nome. Ricordi chi inventò il telegrafo?".

Rispose con la domanda che avevamo sentito solo pochi giorni prima durante un quiz televisivo. "Chi era Samuel F. B. Morse? Per che cosa stanno la F e la B?".

Google diede la risposta. "Samuel Finley Breese Morse", riferì. "Alden Wade Shipley Thompson. Wade Shipley? O Shipley Wade?".

"Io direi Wade Shipley".

"Alden Wade Shipley Thompson", disse, e lo ripeté quella sera a tavola, guardando sua madre. "Be'? Che ne pensi?".

"Penso che sia un peccato che abbiano già inventato il telegrafo", disse lei, "ma sono certa che troverai un modo anche migliore per fare onore al tuo nome".

"Inventando qualcosa?". Ci pensò. "Sai cosa sarebbe fortissimo? Un FAX per le persone. Entri in una camera, premi un interruttore, e arrivi a Cincinnati".

Sembrava felice di avere un padre. Anch'io fui felice di avere un figlio.

E, nemmeno due anni dopo, una figlia.

"Una bambina", disse Louella, quando l'ecografia ce lo

ebbe confermato. "Una sorellina per Alden. Una figlia per te".

"E per te".

"Sì, per me. Sai che sarei stata contenta anche di un altro maschio. Un figlio è sempre benvenuto. Ma, oh, non sarà meraviglioso avere una bambina?".

E, subito dopo, disse: "Ma d'improvviso sono così stanca, caro. Dovrei vergognarmi, ma non riesco a tenere gli occhi aperti. Ti spiacerebbe se mi spogliassi e cadessi in un sonno profondo?".

COSÌ DIVENTAMMO QUATTRO, Louella e Alden e Kristin e io.

In quel periodo stavamo ormai in una vecchia casa più grande, con quattro camere da letto, in una buona posizione. Era comoda per la scuola di Alden e altrettanto vicina a quella che sarebbe stata la sua scuola superiore, e a nemmeno venti minuti a piedi dal negozio.

La Ferramenta Thompson Dawes. Avevo lasciato alla ditta il nome di Porter Dawes, per pigrizia e per rispetto, e non fu che dopo aver iniziato a vivere con Louella che aggiunsi anche il mio nome. Lei aveva iniziato a tenere la mia contabilità e mi chiese perché non avessi il mio nome sull'insegna.

Dissi che tutti conoscevano la Ferramenta Dawes; lei replicò che quasi tutti sapevano che era John Thompson che la possedeva e che la gestiva, e che per il prezzo di una nuova insegna avrei potuto condividere la gloria col defunto Mr. Dawes. Sarebbe stata anche una buona scusa per offrire saldi, sconti e promozioni che avrebbero più che ripagato le spese per i cartelli.

"Inoltre, Porter Dawes a Penderville non dice nulla a nessuno, e se chiami il nuovo negozio 'Ferramenta Dawes' tutti si gratteranno la testa – cosa che a Penderville probabilmente è lo sport locale, ma non importa. Ma se invece chiami entrambi i negozi 'Ferramenta Thompson Dawes' ...".

"Il Brico Center diventerà verde di invidia", dissi.

" 'Thompson & Dawes?' ".

"Io penso solo 'Thompson Dawes'. Ma con o senza trattino?". Prese una matita e provò a scrivere entrambe le versioni. "Direi senza trattino".

Il negozio era a meno di due chilometri dalla nuova casa, e col bel tempo ci andavo spesso a piedi.

Il negozio a Penderville fu in attivo da subito e, in cambio della sua partecipazione come socio occulto, Ewell Kennerly mi aveva raccomandato come gestore un suo nipote di Penderville. Suppongo che si potesse definire nepotismo, ma in questo caso fu una buona mossa e il nuovo negozio andava avanti bene da solo. Ci andavo una volta la settimana, davo un'occhiata in quanto proprietario, prendevo volentieri un caffè mentre scambiavo quattro chiacchiere col nipote di Ewell, prendevo le decisioni che toccavano a me e resistevo alla tentazione di cercare altre

83

opportunità di espansione. Ero contento del secondo negozio, ma mi bastava.

Ero contento anche della casa. Era adatta a noi già quando ci eravamo trasferiti, e non aveva richiesto molte migliorie. Una nuova cucina e due bagni da sistemare. Il giardino sul retro era già ben piantumato, con alberi e cespugli, e richiedeva solo di tenere l'erba tagliata e di potare le piante.

Gli attrezzi necessari li forniva la Thompson Dawes, come pure la pittura, quando rinnovammo il portico sul davanti. Il negozio fornì anche tutto quello che serviva quando, poco dopo il suo quattordicesimo compleanno, Alden suggerì di sistemare la soffitta. Le spese per l'isolamento sarebbero state ripagate dalle minori spese di riscaldamento, disse; e se avessimo ricavato una stanzetta da letto per lui in quel nuovo secondo piano, avrebbe potuto suonare la sua musica senza disturbare nessuno.

"La mia vecchia stanza potrebbe essere un secondo studio della casa", disse, "oppure, non so, la stanza per la TV o altro. E poi, se facessimo noi stessi i lavori lassù . . .".

"Sarebbe divertente?".

"E inoltre impareremmo a fare cose che ci potrebbero sempre servire".

Non mi è chiaro quali nuove abilità sviluppammo o quanto fosse probabile utilizzarle in futuro. Ma l'impresa fu davvero divertente, benché comportasse più lavoro del previsto. La proposta iniziale di Alden non comprendeva un nuovo bagno al secondo piano, ma Louella fece notare che sarebbe stato saggio aggiungerlo. Questo comportò chiamare un idraulico e chiedere aiuto a un professionista per progettare le modifiche.

"Ogni cosa richiede più lavoro di quello che si pensava", gli dissi, "più tempo di quello che si prevedeva e più denaro di quello che si calcolava".

Lui assentì, e vidi che classificava la frase come qualcosa da ricordare.

È passata quasi una settimana da quando ho scritto qualcosa. Ho trovato delle buone ragioni per essere occupato due giorni. Poi sono venuto qua, mi sono seduto, ho aperto il file e subito ho pensato a una cosa per la quale Google avrebbe trovato una risposta. Ho navigato su internet per un'ora o due, affascinato da argomenti che sarebbero stati molto meno affascinanti in un giorno diverso, poi ho spento tutto e ho chiuso il portatile.

Poi c'è stato un giorno passato a rileggere quello che avevo scritto, cosa che prima evitavo di fare, evidentemente per un buon motivo. Sono rimasto ansioso, così che anche quel giorno non ho scritto nulla.

E nemmeno il giorno seguente, quando mi sono seduto, ho aperto il file dove lo avevo lasciato e ho scritto e riscritto una frase per poi cancellarla. Alla fine, quando ho rinunciato, il mio documento – o comunque voglia chiamare questo insieme di pixel – era come l'avevo trovato un'ora prima.

E come l'ho trovato oggi, se non per quelle aggiunte in corsivo, che non sono scrittura, ma scrittura sulla scrittura.

Non è difficile immaginare perché non voglio continuare.

In quel momento eravamo felici, e mi pare che ciò che ho scritto riesca bene a fare percepire quella felicità. Perché rovinarlo con l'annuncio di ciò che accadrà?

Perché in verità, adesso siamo felici. Siamo noi quattro – o meglio, cinque, perché non bisogna dimenticare il cane. È Chester, che fa parte della famiglia da quasi tre anni ormai, un cane di media taglia e di antenati incerti, che un giorno aveva seguito Kristin dalla scuola fino a casa.

Niente medagliette, niente collare, niente che indicasse da dove fosse venuto o chi lo avesse perso. La sua coda si agitava sempre, come se nemmeno considerasse l'idea che potessimo portarlo al canile. Un veterinario stabilì che non aveva microchip o tatuaggi di identificazione, e che non aveva malattie pericolose. "Ha circa tre anni, John. Non diventerà più grande di così, benché se lo nutrite bene potrebbe diventare un po' meno magro. Chi siano i genitori, be', ci vedo qualcosa di un pastore, ma oltre a questo, direi che la tua opinione vale quanto la mia".

Mettemmo un annuncio "Trovato cane", ma lo levammo dopo due giorni, visto come eravamo ansiosi ogni volta che suonava il telefono. Chiunque lo avesse smarrito – o, più probabilmente, abbandonato – non aveva visto l'avviso oppure non aveva sentito alcun desiderio di rispondere.

Così, gli comperammo un collare adatto, un guinzaglio,

una ciotola per il cibo e una per l'acqua, il veterinario gli mise un microchip, e Louella compilò un modulo e pagò la licenza.

Il nome l'aveva già. Kristin, che l'aveva portato a casa, aveva cominciato a chiamarlo Chester. Nessuno sapeva perché, ma nessuno trovò da obiettare, men che meno il cane. Ogni volta che sentiva il suo nome drizzava le orecchie e arrivava trotterellando per farsi accarezzare la testa.

Se vi fosse stato qualche dubbio che fossimo una famiglia, Chester lo tolse. Era chiaramente un cane da famiglia. Come si poteva avere un cane simile se non si era davvero una famiglia?

E fu anche il principio della fine, benché non fosse davvero colpa sua.

"PAPÀ, PENSAVO".

"Un'occupazione pericolosa", dissi. "Ma a volte dà qualche vantaggio".

"Eh? Ah, sì. No, stavo pensando all'università. E anche, cioè, a dopo".

"Oh".

"Tipo, sai, cosa vorrei fare nella vita".

"Pensieri profondi".

Fece segno delle virgolette nell'aria. "Pensieri profondi. E una parte di me vorrebbe fare quattro anni alla Ohio University, e poi tornare alla Thompson Dawes".

Mi aveva aiutato nel mio lavoro, lavorando nel

magazzino, servendo i clienti e rendendosi utile in vari modi. Avevo sempre pensato che lui e sua sorella probabilmente avrebbero continuato la mia attività quando io avrei deciso di smettere.

"Una parte di te", dissi. "E l'altra parte?".

"Be', ci stavo pensando".

Questa volta fui io a fare il segno delle virgolette.

"Già", disse Alden. "Pensieri profondi. Quello che pensavo, era di essere un veterinario".

Dapprima pensai che volesse entrare nell'esercito, perché come altrimenti si diventerebbe un veterano? Poi lui disse che aveva conosciuto Ralph Debenthal, portando Chester per le vaccinazioni e le visite, e . . .

"Oh, dio, un veterinario".

"Pensi che sia una cattiva idea?".

"Molto meglio dell'esercito. Avevo frainteso, avevo capito 'veterano' ".

"Io, nell'esercito?".

"Be', non è quello che mi aspettavo".

"Dio, spero ben di no. No, pensavo che non sarebbe male fare quello che fa il dottor Ralph".

"Un veterinario, invece di . . .".

"Un dottore per le persone, come si dice . . . un medico".

"Esatto".

"Ci pensavo. Quando la mamma era malata".

Louella aveva avuto un tumore al seno, con varie metastasi. Aveva subito una mastectomia parziale e una breve terapia con radiazioni, ed ora era del tutto guarita. E non c'era da temere una ricomparsa del male.

Solo che, naturalmente, il timore c'era sempre. In questa palude dell'esistenza umana vi è un numero infinito di coccodrilli.

"Ma Medicina è una tal fatica", disse. "È quello che dicono tutti. È difficile entrarci, è difficile superare tutti gli esami, e poi sei un interno e ti fanno lavorare, tipo venti ore al giorno".

"È vero, richiede molto impegno".

"E mi andrebbe anche bene, se ci tenessi davvero; ma mi vedo meglio a fare iniezioni antirabbiche piuttosto che dire alle persone che la nonna non guarirà, e di cominciare a pensare al funerale. Ho detto a Sukie che pensavo a Veterinaria; lei ha detto 'perché non medicina?' e io le ho risposto che gli animali mi piacciono più delle persone".

"Potresti non avere torto".

"Volevo solo, sai, essere un po' sarcastico".

"Ma c'è del vero".

"Sì... Gli animali non ti giudicano e non ti denunciano per errori professionali. Benché forse lo potrebbero fare i loro proprietari".

"Non così spesso".

"No. Comunque, non è che debba decidere adesso, ma...".

"Potresti pensare di seguire Ralph", dissi.

"Pedinarlo? Come un detective?".

NON COME UN detective, non di nascosto. Alden disse a Ralph Debenthal del suo interesse, e si accordarono perché lui potesse andare da lui un paio di volte la settimana, dopo la scuola, per fare commissioni e lavoretti non qualificati, in modo da vedere cosa facesse Ralph e come lavorasse. Il veterinario era riservato e laconico, e non era difficile credere che pure lui si trovasse più a proprio agio con gli animali che con gli esseri umani; ma si abituò alla compagnia di Alden e lentamente divenne più aperto.

Poi una sera, poco prima di pranzo, Alden chiamò Chester accanto a sé, lo fece sedere e gli mise una mano sulla testa. "Ah, sto raccogliendo informazioni", annunciò, "sui tuoi antenati, Chester". Fece passare lo sguardo su tutti noi. "Un cane misto, con dentro un pastore. Non dicevamo così?".

Kristin gli chiese che cosa stesse dicendo.

"Parlo di Chester", disse lui, "che è effettivamente un pastore per un quarto; ma non un pastore tedesco, bensì un pastore belga. Ma soprattutto, il buon Chester è un Rottweiler: al cinquanta per cento. Perciò vi sono buone probabilità che la madre o il padre fossero un Rottweiler di razza pura".

Come faceva a saperlo? "Oh, ho i miei metodi", disse; e attese di essere costretto a dare una completa spiegazione. C'era una società a Fort Smith, Arkansas, che offriva un profilo genetico completo del proprio cane per meno di cento dollari. Bastava mandargli un assegno – o, nel suo caso, un vaglia pagato con i suoi soldi all'ufficio postale di Elizabeth Street. Loro mandavano un kit, si prendevano i due grossi bastoncini cotonati e si strofinavano all'interno delle guance del cane. Poi ognuno dei bastoncini lo si metteva nella sua provetta di plastica, queste si infilavano nella busta pre-indirizzata e le si rimandava a loro. Poi si aspettava a lungo e, quando praticamente ce ne si era dimenticati, arrivava una lettera con i risultati.

E i risultati che aveva ricevuto quel pomeriggio, erano chiari. Mezzo Rottweiler, un quarto pastore belga, e il resto più difficile da definire.

Alden era raggiante. Chester agitava la coda.

NEL NOVEMBRE DEL 1942, due anni e quattro mesi prima che io nascessi, Winston Churchill aveva tenuto un discorso durante un pranzo alla Mansion House di Londra. In Egitto, i generali Alexander e Montgomery avevano battuto le truppe di Rommel a El Alamein, permettendo a Churchill di celebrare la sua prima vittoria.

"Questa non è la fine", aveva detto. "Non è neppure l'inizio della fine. Ma forse è la fine dell'inizio".

L'avevo letto anni fa, ma ho controllato adesso per riportarlo esattamente. Ho scritto 'Churchill fine dell'inizio' e Google mi ha fornito la citazione esatta, oltre ad altre informazioni che mi servivano. Ho trovato quelle notizie tanto interessanti da leggermele tutte, forse per impedire che i miei pensieri andassero dove sarebbero poi dovuti andare.

La fine dell'inizio.

NULLA DI TUTTO ciò mi passò allora per la testa. Ero fiero di Alden almeno quanto lui lo era di sé stesso – di avere pensato a indagare sugli antenati di Chester, e di averlo fatto senza lasciarsi sfuggire alcun indizio sino a quando aveva avuto in mano i risultati. Io probabilmente fui meno sorpreso per la sua intraprendenza di quanto non lo fossi per il patrimonio genetico di Chester: il termine Rottweiler evoca l'immagine di un animale robusto, potente, con la mascella chiusa in una morsa micidiale su qualsiasi minaccia per la famiglia da cui ci si voglia proteggere.

Per il nostro Chester questo sembrava esagerato, poiché lui era un cane affabile e giocoso; ma dicono che il sangue non mente; e – immagino – nemmeno il DNA.

Ah, già. Il DNA.

LA MOLECOLA NOTA ora come DNA fu identificata per la prima volta verso il 1860 da un chimico svizzero di nome Johann Friedrich Miescher.

Probabilmente non lo sapevate, e non lo sapevo nemmeno io fino a quando non ci sono arrivato grazie a Google, pochi minuti fa.

Fu quasi un secolo dopo, nel 1953, che James Watson e Francis Crick scoprirono la struttura a doppia elica del DNA, e nei decenni successivi tutto il mondo si impegnò per capire come interpretare e come utilizzare questa scoperta.

Ci vollero solo altri quindici anni per arrivare al 1968, anno fatale in cui morirono molte persone delle quali potreste conoscere i nomi. John Steinbeck, Helen Keller, Yuri Gagarin. Tallulah Bankhead, Edna Ferber. Upton Sinclair. Norman Thomas. Martin Luther King.

Non dimentichiamo Bobby Kennedy. E, collegata a questi, forse solo nella mia mente e in quella di nessun altro, Cindy Raschmann.

NEL 1968 UN UOMO entrò in un bar e, benché avesse potuto sentire le famose iniziali dell'acido desossiribonucleico, queste non gli avevano fatto alcuna impressione. L'uomo con la camicia di *Buddy* badava poco alle notizie in generale, e anche meno a quelle sulle novità della scienza e sui premi Nobel.

In realtà, sarei dovuto essere ben più che attento alla scienza per attribuire grande significato al DNA. Mi sarebbe servita, a me o a chiunque altro, una straordinaria chiaroveggenza per rendermi conto delle successive implicazioni della scoperta di Watson e Crick.

Se fossi stato dotato di questa preveggenza, avrei messo

un preservativo prima di avere il mio piacere col corpo ormai senza vita di Cindy Raschmann.

Ma perché avrei dovuto? In quegli anni, vi erano solo due ragioni per indossare quella vera e propria armatura, e nessuna delle due mi aveva indotto a farlo.

Evitare una gravidanza era la prima; la seconda era la protezione dalle malattie.

Non serviva che io mi preoccupassi del controllo delle nascite, poiché nessun uomo, per quanto virile, potrebbe rendere incinta una ragazza morta. Immagino che si possa prendere la sifilide o la gonorrea da una partner morta, con la stessa facilità con la quale la si può prendere da una viva, ma allora non si badava troppo alle malattie veneree. Le si riteneva poco più di un brutto raffreddore, e più piacevole da prendere, e una semplice iniezione di penicillina le avrebbe guarite; e non si indosserebbe un impermeabile sotto la doccia, no? O non ci si laverebbe i piedi tenendo i calzini.

Ora naturalmente, non le si chiama più *malattie veneree*. Adesso sono IST. Non so perché *Infezioni Sessualmente Trasmissibili* sia meglio per definirle; ma nemmeno ho mai capito perché sia meglio dire *persona di colore* invece di *nero*.

Quale che sia la ragione, è quello che si sente oggi. E sembra anche che ve ne siano più di una volta, e molte siano diventate resistenti alla penicillina e ad altri antibiotici.

Alcune sono ben peggio di un brutto raffreddore: per uno o due decenni una di esse, l'AIDS, uccideva chiunque la prendesse. È ancora incurabile, ma le vittime sono ora in grado di continuare a vivere, pur essendo contagiate, per anni e anni, e forse si diranno che non è peggio della sofferenza di una psoriasi. E, immagino, è più divertente da prendere.

Mi è facile continuare così. È così semplice lasciare che le mani scorrano sulla tastiera fissando il vagare dei pensieri della mente. È così soddisfacente selezionare una parola quasi giusta e sostituirla con una più adatta.

È tanto più facile che lasciare perdere le banalità e continuare con ciò che è importante.

> *Il Dito in Movimento scrive; e, avendo scritto,*
> *Avanza: Tutta la tua Pietà o Arguzia*
> *non lo indurranno a cancellare mezza Riga,*
> *né tutte le tue Lacrime laveranno via una sola Parola.*

Non avrei usato quella punteggiatura nella frase del poeta Khayyam, né scelto di mettere in maiuscolo quelle parole, ed effettivamente ho sprecato un quarto d'ora continuando a chiacchierare prima di usare il tasto 'cancella' per quello a cui serve.

Basta con le ciance, Buddy. Vai avanti.

NON SO QUANDO qualche pioniere delle scienze forensi abbia pensato di usare il DNA come strumento per la polizia scientifica, né so dirvi quando me ne sia reso conto per la prima volta. Ma diventava sempre più evidente che quella sostanza poteva intrappolarvi se eravate colpevoli, o scagionarvi se eravate innocenti. Le porte delle celle si aprivano, improvvisamente rilasciando persone che avevano da tempo perso ogni speranza di potere mai tornare libere. E le stesse celle si richiudevano di nuovo, imprigionando per il resto della vita uomini che avevano dato per scontato che la loro libertà durasse per sempre.

Uomini per i quali le circostanze non erano diverse da quelle di un commerciante dell'Ohio noto come John James Thompson.

Non avevo pagato per ciò che avevo fatto a Cindy Raschmann. Prima di entrare in quel bar, avevo vissuto senza mai attirare l'attenzione della polizia, eccetto che per un paio di multe. Non ero mai stato arrestato, non mi avevano mai preso le impronte digitali. Non so come avrei potuto lasciarne sulla scena del mio delitto; ma, anche se ne avessi lasciate, e se anche qualche intraprendente investigatore fosse riuscito a trovarne, esse non avrebbero condotto a nulla.

Ma io l'avevo riempita di DNA, no? Avevo lasciato le mie impronte genetiche, e col passare del tempo e l'affinarsi delle tecnologie, cominciai a vedere cosa questo potesse voler dire.

Naturalmente, avrebbe potuto non voler dire nulla. Chi poteva sapere quanto approfondita potesse essere stata l'autopsia di Cindy, o che cosa potrebbero avere tenuto di ciò che avevano trovato? Non mi aveva mai afferrato o graffiato, perciò non poteva esserci del mio DNA sotto le sue unghie; ma se avessero conservato parte del mio sperma, e se esso non si fosse perso, o degradato, o diventato inutilizzabile per la polizia scientifica, sarebbe stato abbastanza perché potessero risalire a me.

Se per un motivo qualunque fossi diventato un sospetto, se avessi attirato la loro attenzione, se mi avessero preso e fatto un tampone dentro le guance, estraendo il DNA delle mie cellule epiteliali . . . se fosse successo questo, avrebbero avuto una prova materiale utilizzabile in un processo, dove un esperto del campo avrebbe potuto dire che le probabilità che il DNA di qualcun altro fosse uguale al mio sono di una su un miliardo, o di mille miliardi, o di un milione di miliardi.

Ma prima di strofinarmi i loro bastoncini cotonati nelle guance avrebbero dovuto arrestarmi, e prima ancora di quello avrebbero dovuto sospettare di me, e perché mai avrebbero dovuto sapere dell'esistenza di J. J. Thompson, il mite proprietario della Thompson Dawes? Perché mai la mia nuova vita avrebbe dovuto insospettirli?

Ero sempre perfettamente al sicuro, no?

BE', SEMPRE MENO, man mano che passava il tempo. La creazione di una banca dati del DNA significava che chiunque fosse stato arrestato, e se gli fosse stato preso un campione di DNA, sarebbe finito in quel sistema. Se fossi entrato in un altro bar, in Ohio o in California o altrove nel paese, e avessi fatto quello che avevo fatto una volta a Cindy Raschmann, e se fossi stato colto sul fatto o rintracciato in seguito, qualche investigatore di vecchi casi a Bakersfield avrebbe potuto trovare una corrispondenza col campione che aveva conservato per tutti questi anni.

Se l'avessero avuto inizialmente, e non l'avessero perso, o...

Non importa. La tecnologia avanzava, e io la seguivo, benché da una certa distanza. Non avevo seguito la serie originale di *CSI*, quella ambientata a Las Vegas, perché veniva trasmessa la sera in cui andavo al bowling, ma ricorreva abbastanza spesso nelle conversazioni perché io ne fossi consapevole. E quando produssero gli spin-off, ambientati a Miami e a New York, Louella e io li guardavamo, molto spesso in compagnia di Alden.

Ma anche prima, se eravamo a casa un sabato sera, era probabile che seguissimo *I più Ricercati d'America*. Prima mi sentivo teso per la possibilità che parlassero della morte di Cindy Raschmann del 1968. Qualche automobilista di passaggio si sarebbe potuto far vivo anni dopo, ricordando parte di una targa. Un cliente del bar avrebbe potuto ricordarsi di un uomo in abiti da lavoro, identificato come *Buddy* da un ricamo sul taschino.

E poi, un sabato, la foto di Cindy apparve brevemente sullo schermo.

Non credo che l'avrei riconosciuta se non avessero detto

il suo nome. Doveva essere una foto tratta dall'annuario delle superiori, ma prima che le nostre strade si incrociassero lei era invecchiata di qualche anno e aveva addosso parecchi chilometri in più. Io ebbi il tempo di notare che aveva un aspetto stranamente familiare, poi sentii il suo nome. Quasi mi aspettavo di sentire il mio subito dopo. Il mio nome originale, intendo. Non era verosimile che conoscessero il nome di Thompson.

In tal caso, avrebbero già suonato alla mia porta.

Ciò che avevano non si poteva collegare a me, e in realtà nemmeno a Cindy Raschmann. Ciò che avevano in realtà era questo: un uomo di mezza età, con gli occhiali, che vendeva auto usate sulla costa del Pacifico e che sembrava in tutto e per tutto un ragioniere, era stato in un bar di Eugene, Oregon, quando era scoppiata una rissa. La polizia aveva portato tutti in centrale.

Ho dimenticato quali fossero le prove contro quel tizio, di cui non ricordo nemmeno il nome, ma lui crollò quando fu interrogato e ammise il recente stupro di una studentessa universitaria; poi continuò e confessò altri stupri, un paio dei quali si erano conclusi con la morte delle vittime.

Perciò ora i dipartimenti di polizia di tutta la regione lo consideravano sospetto di qualunque vecchio caso che si adattasse al suo comportamento. L'omicidio di Cindy Raschmann era uno di essi, e il suo nome e la sua foto furono usati nella trasmissione.

La polizia di Bakersfield, venne detto, confidava che il tizio fosse veramente il colpevole, ma la tempistica non coincideva. Inoltre, vi erano prove materiali che lo escludevano.

Vi fu un momento in cui il mio ottimismo fu pari a quello dei poliziotti di Bakersfield. Non sarebbe servito avere accuse solide contro il venditore di auto. A loro bastava solo un motivo per ritenerlo colpevole. Lo stato dell'Oregon lo avrebbe potuto accusare dei crimini che aveva chiaramente commesso, e Bakersfield, da parte sua, avrebbe potuto decidere che fosse anche l'assassino di Cindy e chiudere quel vecchissimo caso.

Ma non era andata così. Guardando la TV, vidi la parte buona e quella cattiva della notizia. Quella buona, oltre al fatto che quel tizio sarebbe rimasto in galera per il resto della vita, era che io non stavo attirando alcuna attenzione da parte delle autorità.

E la parte cattiva? Che quel caso, per quanto vecchio, era sempre aperto. E che avevano delle prove materiali. E se queste erano state sufficienti a escludere il venditore di auto, si doveva presumere che potessero anche includere il tizio con la camicia di Buddy. L'uomo che aveva effettivamente

"commesso il delitto". È così che avrei terminato la frase. L'avevo in mente quando ho smesso di scrivere ieri, fermandomi a metà di una frase, come faccio a volte per sapere dove riprendere il giorno dopo. O qualche giorno dopo, se mi serve

più tempo per tornare a questo curioso compito al quale mi sono dedicato.

Devo interrompermi, devo tornare al momento presente. Perché la notte scorsa ho avuto una visita. No, non quella che temevo, un anonimo uomo in uniforme che bussava alla mia porta.

Era Cindy Raschmann.

Sappiate che dormivo, disteso sul dorso, sul lato sinistro del letto matrimoniale, con Louella profondamente addormentata accanto a me.

"Oh, il vecchio pazzo ha avuto un sogno".

È quello che dovreste pensare, vero? Ma Cindy Raschmann è entrata nei miei sogni varie volte nel corso degli anni, insinuandosi in una parte appropriata o inappropriata della trama confusa di un sogno. Non ricordo spesso i particolari di queste sue apparizioni, solitamente rammentando solo che lei era lì. Oppure, qualche indefinito personaggio del sogno si volta, e ha la faccia di Cindy. Oppure, apro un giornale e i titoli sono illeggibili, ma c'è una fotografia e vedo che è lei.

Oppure . . . oh, non importa. Sono sogni. Posso evocare fumosi ricordi di alcuni di essi, che forse consistono solo nella vaga consapevolezza che lei era presente. In realtà potrei avere visto quella faccia migliaia di volte nei sogni senza mai esserne consapevole.

Sogni. Se ho ben capito, sono il modo in cui la mente, quando riposa, sceglie e tratta gli elementi verso i quali si sente a disagio. Non vi sono esperimenti in cui dei soggetti ai quali viene impedito di sognare diventano mentalmente ed emotivamente fragili quando sono svegli?

Ma la notte scorsa è stato diverso.

Ero addormentato nel letto e mi resi conto di una presenza; senza nemmeno sapere chi fosse, avevo paura ad aprire gli occhi e vederla. Ma poi lo feci, e lei era lì, e la riconobbi istantaneamente.

Indossava quella blusa con la scollatura tonda, i jeans aderenti e gli stivali. Era più vecchia, ma non tanto quanto sarebbe stata se fosse sopravvissuta. Poteva avere tra i quaranta e i cinquant'anni, come se fosse invecchiata di un solo anno ogni due del tempo reale.

Questo lo penso adesso. In quel momento riuscii solo a pensare che quella era Cindy Raschmann, era la donna che avevo ucciso. A casa mia, nella mia camera da letto, in piedi accanto a me.

I suoi occhi azzurrissimi mi fissarono subito.

I suoi occhi, i suoi occhi. Mi pare di ricordarli blu, ma non avrei potuto giurarlo, benché non dimentichi mai di avere visto la luce che in essi si spegneva, Nei miei ricordi, essi sono sempre stranamente senza colore, come due cerchi bianchi. Spalancati per qualcosa: paura o sorpresa, immagino.

"Ehi, è Buddy", disse.

Le sue prime parole, anni e anni fa. In quel momento stava guardando il mio taschino, cercando di mettere a fuoco le lettere ricamate. Adesso non strizzava le palpebre, i suoi occhi blu non mi fissavano il petto, ma erano puntati nei miei occhi, altrettanto azzurri.

Non azzurri come i suoi, però. L'età ha tolto loro un po' di colore, mentre mi ha reso grigi i capelli.

Gli anni si fanno sentire . . .

Ehi, è Buddy. Le parole echeggiarono nel silenzio della stanza.

Aprii la bocca per rispondere ma non riuscii a trovare parole.

Ma lei non sembrava attendersi una mia risposta. Continuò a fissarmi, e io fissavo lei.

Poi disse: "Hai aspettato tanto, vero? Ma non c'è più tempo, sai. Il tempo è stato creato per impedire che tutto accadesse insieme. Ma non funziona veramente, perché in realtà tutto avviene contemporaneamente".

Mi rendevo conto di due cose: che le sue parole non avevano alcun senso, e che io, per qualche motivo, le capivo e le trovavo profonde.

Lei rimase in silenzio, e io incapace di parlare; mentre i nostri occhi azzurri, i suoi e i miei, mantenevano un continuo contatto.

Tra noi passò qualcosa, come un'elettricità; ma qualunque cosa fosse mi sembrava oltre ogni possibilità di definirla o di concepirla.

Non so quanto tempo passò. Ma se il tempo non esisteva, come avrei potuto dirlo?

"Ti perdono".

Parole pronunciate, se ben ricordo, senza alcuna enfasi. Fui sommerso da una sensazione indefinibile. Vi era qualcosa che dovevo dire, ma non avevo idea che cosa fosse. Aprii la

103

bocca per pronunciare delle parole, ma non vi furono parole, nulla che dovessi dire, e mentre me ne rendevo conto, lei iniziò a svanire.

Credo che sia questa l'espressione che volevo. Prima avevo scritto 'sparì', ma non mi pare che descrivesse quello che osservavo. La sua immagine stava perdendo sostanza, diventava pallida e, be', immateriale. Non riesco a renderlo adeguatamente, forse perché non so veramente cosa vidi, o non vidi.

Non so dire quanto tempo ci volle. Nel suo universo senza tempo, immagino che non ne impiegasse. Nel mio, richiese nessun tempo, o un tempo infinito.

Oh, non importa. Lei era lì, perfettamente visibile, poi sempre meno, e alla fine era sparita.

Dove si era trovata io ora non vedevo i soliti oggetti, il cassettone, il tavolino da toeletta di Louella e la porta del bagno, ma uno spazio aperto.

Un paesaggio del West, mi sembrava, con montagne all'orizzonte.

Come poteva essere? Come era possibile che io giacessi a letto, con gli occhi aperti, e vedessi un panorama che, ammesso che esistesse, si trovava almeno a duemila chilometri da me?

Battei gli occhi, e vidi la stessa cosa. Chiusi le palpebre, costringendomi a tenerle chiuse, e la mia visione rimase invariata... un grande terreno pianeggiante, poi delle colline, e distanti cime di montagne.

Occhi aperti, occhi chiusi. Nulla cambiava.

Come era possibile?

La mia mente cercava di capire quello che vedevo, o credevo di vedere. Ero lì, con gli occhi sbarrati, ma come poteva essere?

Mi venne in mente il verso di una canzone: 'sogno ad occhi aperti', ma senza la musica.

Ma i miei occhi erano aperti?

Riuscii a capire, o a sapere in qualche modo, che non lo erano. Infatti non ero seduto sul letto, ma sdraiato sul dorso, come sempre quando dormo, e avevo gli occhi chiusi.

Fu solo con un certo sforzo che riuscii ad aprirli. Non gli occhi che avevo aperto per incontrare quelli azzurri di Cindy, ma gli occhi veri e propri del mio corpo. Fatico a spiegarlo, ma è tempo sprecato; come posso spiegare ciò che non capisco nemmeno io?

E questo è ciò che posso dire, o almeno ciò che ricordo. In realtà ero nel mio letto, e mi resi conto della presenza di mia moglie che dormiva accanto a me. Non vi era nessun panorama, nessuna montagna in lontananza, solo la solita visione di un cassettone di legno e un tavolino da toeletta.

Il mio cuore, benché non battesse all'impazzata, era leggermente più accelerato del solito.

Chiusi gli occhi – abbassai fisicamente le palpebre – e appoggiai la testa sul cuscino. Non riuscirai mai a riaddormentarti, mi dissi; e subito dopo era mattina.

Ho pensato a quello che è successo. Oh, era solo un sogno... solo che non credo sia il termine giusto. Era ancora vivido nel mio ricordo quando finalmente ho riaperto gli occhi nel mattino luminoso. E in realtà è vivido ancora in questo momento. I sogni, quando sono consapevole di averli avuti, sono velocemente dispersi dalla luce dell'alba. Ma questa mia esperienza non mi appare meno reale ora di quanto non lo fosse poche ora fa.

Google mi è stato utile, come capita spesso, facendomi scoprire che c'è una differenza tra la natura di un sogno e l'esperienza che avevo avuto, per la quale sembra venga usato il termine di 'apparizioni accanto al letto'. Cercandolo nel labirinto di Google tutto divenne più chiaro e contemporaneamente più confuso.

Apparentemente, la donna che avevo visto era reale, non una creazione della mia fantasia. Ma ella non aveva una consistenza materiale normale: lo aveva dimostrato scomparendo come la nebbia al sole del mattino; non aveva lasciato impronte sulla moquette della stanza e se vi fosse stato un registratore acceso, non avrebbe registrato le sue parole.

Allora, ero stato visitato dal suo spirito disincarnato? Questi spiriti sopravvivono dopo la morte e possono apparire in una camera da letto dopo un tal lasso di tempo? Sì, è vero che aveva detto (o io l'avevo sentita dire) che il tempo non esisteva, che nel mondo nel quale lei viveva tutto accadeva in pratica nel medesimo momento. Ma nel mio universo, nel mio mondo quella cosa chiamata tempo c'era, e ne era passato una buona quantità tra i nostri due incontri.

Perché avevo avuto quell'apparizione in questo momento?

E di chi era stata la decisione? Se anche non fosse stato un sogno ma una visita, se anche uno spirito, esistente in una diversa dimensione, fosse venuto nella mia, era dovuto in parte *anche a me? Qualcosa nella mia mente aveva fatto sì che questo avvenisse, non in un sogno ma evocando accanto al mio letto quella parte di lei non uccisa e che ancora sopravviveva?*

A queste domande non sapevo rispondere. Riuscivo a malapena a pormele. Avrei anche potuto tentare di richiamare lo spirito che era venuto da me, o scivolare di nuovo nella realtà irreale di un sogno.

Restavano in sospeso due domande: 'Perché ora?' Seguita ovviamente da 'E adesso?'

"PAPÀ?".

Ero alla mia scrivania, nel piccolo ufficio sul retro del negozio della Thompson Dawes. La scrivania di quercia e la sua sedia a rotelle c'erano già quando il negozio era gestito da Porter Dawes; erano sopravvissute a lui e probabilmente sarebbero sopravvissute anche a me. Qualche anno prima avevo sostituito una delle rotelle della sedia, e un cassetto scorreva a fatica nei giorni umidi, ma il tempo era stato più clemente con quel mobili di quanto sia con la maggior parte di noi tutti.

"Papà, ho pensato che cosa voglio regalarti per Natale, ma non può essere del tutto una sorpresa".

Non so se per Chester la scoperta della sua mappa genetica avesse significato molto. Era la stessa creatura, sapesse o meno di essere un Rottweiler per il cinquanta per cento, e credo che nessuno di noi lo trattasse diversamente, avendolo saputo.

Ma questo aveva cambiato la vita di Alden. Ora non trascorreva più soltanto due pomeriggi la settimana nella clinica per piccoli animali del dottor Debenthal, ma quattro, e Ralph lo pagava per le ore di lavoro.

Eseguiva ancora commissioni e osservava il lavoro del veterinario. Ma faceva anche tamponi agli animali con i bastoncini cotonati, perché il buon dottor Debenthal era rimasto colpito dai risultati del DNA di Chester: non avrebbe mai detto che avesse una parte di Rottweiler, aveva affermato, nemmeno in mille anni-cane. Sarebbe potuto andare oltre, e pensare di suggerire il test del DNA ai proprietari degli animali che seguiva, ma era stato Alden a suggerirglielo, e va detto che Ralph ne vide subito i vantaggi.

Uno dei due diceva a un cliente che c'era questo servizio che poteva determinare la genealogia del suo Toby. Mandano un kit, e basta sfregare dentro la bocca col bastoncino, rispedirgli il campione per posta, e loro rispondono mandandoti i risultati. *Oppure possiamo occuparci noi di tutto, e posso farlo anche subito, se volete.*

"Accettano quasi tutti", mi disse Alden.

Era una buona fonte di guadagno per Ralph, che ricambiò trovando più cose da far fare ad Alden, e assumendolo formalmente.

"Ci metto solo un minuto", mi disse ora Alden, "e non si sente assolutamente nessun dolore".

Impugnava due *cotton-fioc* sovradimensionati. Penso che

un po' me lo dovessi aspettare, benché inconsciamente, ma pure mi colse di sorpresa, e non in modo piacevole. E credo che lo si fosse visto dalla mia espressione.

"Non fa male", mi garantì. "Devi solo aprire la bocca. O prendere i bastoncini e farlo tu stesso".

Io dissi: "Forse è meglio di no, Alden".

"Veramente? Perché pensavo, sai, che era un regalo perfetto per te. Hai detto che non sai niente di dove fossero i tuoi genitori . . .".

"Erano nati tutti in America", dissi.

"Per quel che ne sai".

"Certo".

"Ma che sai dei tuoi bisnonni, e anche delle generazioni precedenti? Dovevano provenire da qualche altra parte. A meno che alcuni fossero Indiani; non sarebbe forte? Cioè, magari si scopre che hai sangue Apache, o Cheyenne, non so, e potresti anche aprire un casinò o cose simili?".

Come rispondere? Come spiegarglielo senza dirgli nulla?

"Se sono un po' Rottwailer", dissi, "preferirei non saperlo".

"Ma perché, Pa'? Non sei nemmeno un po' curioso?".

"La mia infanzia", dissi, "non è stata un periodo felice".

"Hai detto che ti avevano preso in affido".

"Esatto".

"E che crescere in affido non era bello".

"No, non è stato bello".

"E che ti ricordi a malapena i tuoi veri genitori".

Era questo che avevo detto?

"Ricordo poco", dissi, "ma ricordo più di quanto vorrei".

"Oh".

"Ho fatto molta fatica a tenere sepolte quelle memorie. Anzi, ho fatto di tutto per evitare di ricordare quegli anni; e saperne di più sulle persone che ho cercato di dimenticare sarebbe l'ultima cosa che vorrei. Non mi interessa da che parte dell'Europa provenissero i loro antenati, o come siano arrivati qua, o quali crimini e misfatti abbiano commesso da allora".

Le spalle di Alden caddero. "Cavolo", disse, "pensavo di avere un'idea brillante per un regalo, e invece scopro che sarebbe la cosa che desideri di meno al mondo".

ARRIVÒ NATALE, E il regalo che Alden mi fece fu un paio di guanti da guida – che, non potei fare a meno di pensare, avrebbero impedito che lasciassi tracce di DNA da contatto sul volante; un pensiero che fui lieto di accantonare.

Il mio regalo per lui, oltre a vestiti che Louella aveva comperato, era un cofanetto con una serie di otto volumi scritti da un veterinario inglese, pubblicati negli anni Settanta e all'epoca molto noti.

Alden aveva trovato uno di quei libri nella biblioteca della scuola e gli era piaciuto tanto da leggerne alcuni passaggi ad alta voce quando eravamo riuniti alla tavola da pranzo; ma non aveva pensato a cercare gli altri volumi.

Io li avevo trovati on-line – nulla di troppo difficile, poiché infiniti libri in questa epoca di internet sono lì, nascosti in bella vista.

Alden ne fu entusiasta. "Sapevo che aveva scritto altri libri", disse, "ma nella biblioteca c'era solo questo. Non mi ero reso conto che si potessero, cioè, trovare effettivamente in rete".

Ma sapeva trovare altre cose, e aveva fatto un regalo a sua madre e alla sorella, dopo avere strofinato un tampone dentro le loro guance, dicendo che si trattava di un esperimento per la scuola. Era per il laboratorio di biologia, aveva spiegato, e consisteva nell'esaminare le cellule epiteliali al microscopio.

"L'esperimento l'abbiamo fatto veramente", disse, mentre apriva i regali. "Ma ho usato le mie cellule, e si trattava di abituarsi a usare un microscopio, più che vedere cosa c'era sul vetrino. E con voi due non volevo rovinarvi la sorpresa".

E immagino che non avesse voluto rischiare che loro rifiutassero come avevo fatto io.

Aveva fatto un regalo anche a sé stesso, un'analisi etnica del suo DNA, e adesso aiutò a interpretare i risultati di tutti quanti. Il suo risultò essere 87% dalle isole inglesi, il 6% tedesco, il 4% francese , e il resto non identificabile.

Rottweiler, suggerì Kristin.

"Vedete, questo suggerisce qualcosa su mio padre. Non il Papà, sapete, ma sul mio padre biologico, Duane Alden Shipley. Vedete, se guardiamo i dati della mamma vediamo che il suo DNA è anch'esso in maggioranza delle isole inglesi, tipo il 74%, e il resto è circa metà tedesco e metà francese".

"La mia nonna materna", disse Louella. "Quel ramo della famiglia erano olandesi della Pennsylvania. Questo spiega la percentuale tedesca. Quella francese non so da dove arrivi".

Visto che la Francia e la Germania confinavano, e vista la lunga storia di guerre e di territori che passavano da una nazione all'altra, questo mescolamento genetico sembrava abbastanza logico. Ne discutemmo un po', giungendo alla conclusione che il contributo degli Shipley doveva essere esclusivamente dalle isole inglesi.

"Il che mi rende totalmente occidentale", disse Alden, "Che più o meno è quello che immaginavo. Ma in qualche modo speravo che venisse fuori qualcosa di interessante. Un bis-bisnonno in parte africano, o asiatico, o magari, non so, Sioux. O ebreo, ma qualcosa che mi rendesse un po' meno comune".

Louella gli disse che lui era interessante, da qualunque parte provenissero i suoi geni.

"Ora, con la sorellina", disse Alden, "si vede subito che siamo fratellastri. Siamo fratelli, ma solo a metà".

"E io sono la metà migliore", fece notare Kristin. "Ma non siamo troppo diversi, io sono pure per la maggior parte delle isole inglesi, come te".

Alden esaminò il profilo di Kristin insieme a lei. Il DNA della ragazza era soprattutto delle isole inglesi, ma la percentuale che le davano era del 65%, contro l'87% di quello di lui. La componente francese era la stessa, ma quella tedesca un po' più alta; il resto era identificato come scandinavo, con un pizzico – il 3% – di Nativi Americani.

La parte scandinava non mi sorprese. Mi ero quasi dimenticato, ma mi ricordai allora che vi erano cugini da parte di madre di nome Olson. Li ricordavo vivaci e atletici, ma non ne conoscevo bene nessuno, né sapevo nulla di loro.

Se Kristin aveva un 3% di Indiani Americani, la mia percentuale era probabilmente il doppio. Che era abbastanza alta per essere vera (supponendo che le analisi fossero precise), ma cosa significava? Un bis-bis-bisnonno? Si doveva andare indietro di diverse generazioni per trovare un Comanche nel mucchio.

PIÙ TARDI, SENZA che gli altri sentissero, Alden si scusò. "Avevo pensato solo", disse, "che sarebbe stato interessante conoscere il patrimonio genetico di Kristin, e avevo spedito tutto prima di capire che voleva dire curiosare anche nel tuo, perché, naturalmente, metà del suo DNA viene da te".

A meno, ovviamente, che il padre fosse stato qualcun altro. Ma nessuno di noi pensò mai a questa possibilità. La somiglianza fisica era inconfondibile, le espressioni e il modo di fare di Kristin erano una copia dei miei, come lo era il suo senso dell'umorismo. Lei era figlia mia, e metà del suo DNA proveniva da me.

Gli dissi di non preoccuparsi. In fondo, il tutto si riduceva a qualche numero e a dei paesi d'origine.

"E non c'è nulla di straordinario nei risultati", disse. "È solo DNA, no? Cioè, tu sei sempre il mio papà, no? Non importa da dove viene il mio DNA".

Questo mi commosse, e gli assicurai che lui era mio figlio e io ero suo padre, e che riconoscere questo fatto non implicava nessuna slealtà verso Duane Shipley. Gli dissi che ero fiero di lui; Alden mi disse che mi voleva bene, e fu un momento molto bello.

Era tutto a posto, gli dissi, e lo dissi anche a me stesso.

———

PERCHÉ NON SAREBBE dovuto essere così?

Il mio DNA personale non era schedato da nessuna parte. Quello di Kristin lo era presso la società che aveva accuratamente analizzato i prelievi che Alden aveva loro spedito, ma Kristin non aveva lasciato il suo DNA su una donna morta in California. Un computer in stile *CSI*, lampeggiando teatralmente, non avrebbe improvvisamente mostrato una scritta che confermava una corrispondenza trovata, mentre sullo schermo compariva la sua fotografia.

Il mio segreto e io eravamo al sicuro come prima.

———

LO CREDEVO VERAMENTE?

Mi dissi di sì, e forse era vero, poiché per certi versi ciò che si crede dipende molto da ciò che ci si dice. Credete in Dio? Nella vita dopo la morte? Nella reincarnazione? Nella vita su altri pianeti? Se credete una di queste cose, non è forse perché avete deciso di credervi?

Certo, le prove possono essere importanti, ma sono come quelle di un processo indiziario, nel quale sia l'accusa che la difesa le possono usare a loro vantaggio. Forse ricordate la vignetta con due pesci rossi in una vasca. "Se Dio non esiste, allora chi ci cambia l'acqua?".

Si crede in ciò che si vuole credere.

LA MIA FIDUCIA in questo, sia chiaro, non era totale e assoluta. Non potevo fare a meno di sapere che le scienze forensi progredivano continuamente con la stessa velocità con cui lampeggiano quei computer di *CSI*, e che ciò che potevano fare ieri era meno di quanto potevano fare oggi, e un'ombra di ciò che avrebbero potuto fare domani.

Tenete presente che questa faccenda non occupava i miei pensieri in ogni momento di ogni giorno. In realtà, avevo una vita da vivere e passavo il tempo a viverla. Avevo un lavoro da fare, e lo facevo. Avevo i miei club, il Lions, il Kiwanis e il Rotary, e raramente perdevo una riunione. Martedì sera giocavo a bowling, e dalla poltrona davanti alla TV seguivo i Bengals e i Buckeyes, i Cincinnati Reds, gli Indy Pacers, ognuno nelle loro stagioni, e senza che mai veramente mi importasse dei risultati delle partite.

Se non vi era nulla di interessante alla televisione, potevo essere nel mio studio di casa, seduto davanti al computer, a rispondere alla posta elettronica o a navigare su internet. Ma più che altro, invece di accendere il PC stavo nella mia poltrona, con i piedi su un pouf, a leggere qualche libro. Avevo seguito molto la Guerra Civile americana, ma poi mi ero rivolto alla storia di Roma, e stavo leggendo Gibbon.

Declino e caduta dell'Impero Romano. Sono certo che un'edizione abbreviata mi avrebbe detto tutto quello che mi serviva sapere, ma avevo trovato la serie dei sei volumi on-line, a un prezzo molto conveniente, e prima di rendermene conto mi ero impegnato nel lungo viaggio. Era appassionante, nonostante fosse lento da leggere, ma io non avevo fretta di arrivare alla fine. Dico, già sapevo come andava a finire.

E non avevo forse tutto il tempo che mi serviva?

FORSE NO.

Vi erano programmi televisivi come *Crimini Veri, 48 Ore, Polizia Scientifica.* A volte decidevo di vederli. Altre volte arrivavano per caso sullo schermo del grande televisore ad alta definizione, e quasi sempre mi fermavo a seguirli con interesse.

Quando non era così, i notiziari della notte erano così gentili da fornirmi ogni tanto delle informazioni. Un uomo che era stato in carcere vent'anni per stupro e omicidio era stato liberato quando il DNA lo aveva scagionato, benché l'accusa giurasse ancora che era colpevole.

E mentre gli intraprendenti avvocati di quell'uomo fortunato facevano causa allo stato per cifre molto ottimistiche – certo una goccia nel mare, per tutti gli anni che il sistema aveva rubato alla vita del loro cliente – la sua cella non restava vuota a lungo. Vecchi casi, gravi crimini dimenticati ormai da tutti, venivano risolti da ogni parte.

In tutta l'America erano conservate prove materiali di stupri e crimini. Benché tutti sapessero da anni che quei casi non sarebbero mai stati risolti e che quelle prove non sarebbero mai state utili, apparentemente era più semplice tenersele piuttosto che liberare gli scaffali dei depositi e fare spazio per le prossime scatole con le prove di altri stupri.

Era stato così per anni e anni. E ora degli specialisti di nuovo tipo, indagatori di vecchi casi, stavano riprendendo in mano quei fascicoli e rianalizzando quelle prove.

E facevano nuovi arresti.

A volte i progressi scientifici permettevano loro di accusare, infine, uomini dei quali avevano sempre sospettato. In altri casi, persone che non avevano mai destato il minimo dubbio, che non erano mai state collegate in alcun modo con il caso o con la vittima, entravano improvvisamente nel mirino della polizia, erano arrestate e accusate di avere commesso un crimine del quale loro stesse e il resto del mondo a malapena si ricordavano.

Ma non tutti si trovavano. Un episodio di *48 Ore* aggiornò una vecchia puntata, riferendo la soluzione di un caso di stupro e omicidio avvenuto trentatré anni prima a Kearney, Nebraska. La vittima era una ragazza appena uscita dalle superiori, fidanzata con un compagno di scuola che era stato il maggior indiziato fino a quando dei testimoni gli avevano fornito un alibi. Ora il DNA indicava che la ragazza era stata uccisa da un uomo che evidentemente non l'aveva mai incontrata fino al giorno in cui l'aveva violentata e uccisa. Era un operaio a giornata disoccupato, di quarantaquattro anni, che passava per Kearney mentre tornava a casa sua, a Grand Island; come si fossero incontrati e che cosa fosse successo tra loro non lo sapremo mai, perché quando il DNA lo indicò come colpevole egli era morto come la ragazza, portato via da un tumore al fegato prima che la legge dimostrasse il minimo interesse verso di lui.

48 Ore non poté mostrare la polizia di Kearney che eseguiva un arresto, e nemmeno che bussava a una porta a Grand Island. Quando il cancro l'aveva ucciso, il colpevole aveva cambiato residenza diverse volte, fino a stabilirsi ad Alpine, Texas. Il pezzo migliore della trasmissione fu un'intervista con l'agente, ormai in pensione, che aveva seguito il caso all'inizio.

"Non so a cosa sia servito, dopo tutti questi anni", disse all'intervistatore. "Avevo promesso ai genitori di Vicki che avrei trovato la persona che l'aveva fatto, che gliel'aveva portata via, e forse pensavo che ci sarei riuscito, ma poi ho capito che non ce l'avrei mai fatta. Poi il padre è morto, e io ogni anno chiamavo la madre, solo per farle sapere che qualcuno ancora se ne ricordava. Ma poi è morta anche lei, e appena due anni fa anche Silbeergaard; e quello per me è stato il momento peggiore".

Silbeergaard era il fidanzato della vittima, scagionato trent'anni prima.

"Sapevamo che non era stato lui, ma non potevamo dire chi fosse stato il colpevole; e so che c'erano persone che non erano mai state sicure che Ken fosse innocente. Forse lo era davvero, forse era riuscito a farla franca. Sino a quando il caso non fosse stato risolto vi sarebbe sempre stata un'ombra su di lui. Forse la sua vita sarebbe potuta essere diversa, se ci fossimo riusciti. Avrei voluto che fosse vissuto abbastanza per potermi scusare con lui. Non so cosa avrei potuto fare di più, però lo stesso . . .".

Questo mi indusse a cercare con Google. Non avevo mai considerato la possibilità di effetti collaterali nella morte di Cindy Raschmann. Il dolore dei genitori? Un amico sospettato?

Non trovai nulla, ed ero riluttante a cercare in modo troppo approfondito. Qualunque cosa avessi fatto on-line avrebbe lasciato una traccia, se non altro nel mio computer.

Una volta sembrava che con un computer qualunque cosa potesse svanire premendo un tasto. Si preme 'CANC' e la lavagna è pulita.

Solo che avevo capito che era il contrario, e che qualsiasi

cosa fatta col computer aveva una semivita praticamente illimitata. Si poteva cancellare tutto quello che si voleva, ma anche un ragazzo che sapeva il fatto suo avrebbe potuto ritrovare tutto da qualche parte nell'hard disk.

Togliere l'hard disk e fracassarlo, o buttare il computer in un fiume, avrebbe funzionato. Ma se si faceva un back-up automatico su qualche altro disco, c'era un'altra cosa di cui preoccuparsi. E se si facevano copie automatiche nel Cloud, in un server remoto – qualunque cosa questo voles-se dire esattamente – be', uno era fregato, no?

Ma perché dovrei preoccuparmi delle tracce delle mie ricerche su Google? Vi è questo interminabile testo, che sto scrivendo in questo esatto momento, che mi incrimina totalmente, dalla prima riga in poi. "Un uomo entra in un bar". Ed è tutto qua, dove chiunque potrebbe leggerlo.

È protetto da una password, così per lo meno non devo preoccuparmi che uno dei ragazzi usi il computer del papà per un'occhiata a Instagram e trovi le prove che il suo vec-chio è un mostro. Ma se io dovessi attirare l'attenzione delle autorità, se la lunga mano della Legge arrivasse fino a Lima, la password non sarebbe più resistente della serratu-ra di una stanza in un motel, e altrettanto facile da supera-re. Qualunque nerd incaricato di entrare nel mio PC ce la farebbe senza il minimo sforzo.

Ma in realtà, nulla di tutto ciò importa davvero. Se aves-sero un motivo per indagare su di me, io sarei finito.

Ragione in più per evitare qualunque cosa che possa fornire quel motivo. Per anni avevo fatto tutto bene, anche se non so se sia il termine migliore in questo caso, e avevo ogni ragione per continuare a non metterci mano.

Cosa più facile a dirsi che a farsi.

Sapete cosa succede quando vi fate un graffio, no? Un taglietto mentre vi radete, una piccola abrasione sul dorso della mano. Esce un pochino di sangue – abbastanza da spargere in giro il vostro DNA, immagino – poi si forma una piccola crosta, ed è finita.

Solo che, mentre il graffio guarisce, si sente un po' di prurito, e si reagisce automaticamente, a volte senza nemmeno rendersene conto, grattandosi. Le dita vorrebbero solo grattare la crosticina.

E io mi trattenevo in continuazione dall'afferrare un telefono e comporre un numero.

Ah, ho fatto quella telefonata infinite volte, nella fantasia. *Salve, sono George Haycock, sto facendo una ricerca sulle tecniche di indagine dei vecchi casi. Mi chiedevo se vi fosse stato qualche recente sviluppo in uno dei vostri. Questo risale al 1968. Il nome della vittima era – aspettate un attimo – Raschmann? Il nome iniziava forse con la C.*

Con infinite varianti. Ho provato ad assumere diverse identità e usare diverse ragioni per la mia richiesta. Ero un giornalista free-lance, che aveva già scritto un pezzo sul killer della Highway in California. Ero uno sceriffo dell'Oregon che seguiva una pista per uno dei suoi casi. Ma ogni immaginaria ripetizione era sostanzialmente la stessa: ero una voce anonima che voleva essere rassicurata che il caso di Cindy Raschmann fosse ancora fermo, e che fosse improbabile venisse riaperto. Nessuno sviluppo, nessun progresso, nessuna ragione per riprenderlo in mano e vagliare vecchie prove o seguire ancora vecchie piste che non avevano portato a nulla.

Questo è quello che avrei voluto, naturalmente; ma prendere il telefono e fare il numero avrebbe potuto significare rischiare l'effetto opposto. *C'era un tizio che chiedeva del caso Cindy Raschmann, ora ricordo. Ma qualcuno non potrebbe dargli un'altra occhiata? Magari due occhi nuovi potrebbero vedere qualcosa che a noi era sfuggito. Con tutti i progressi e le cose che gli scienziati scoprono ogni giorno ...*

E io questo lo sapevo, me lo ricordavo sempre, in continuazione, e ogni volta reprimevo l'impulso. Ma Dio, come prudeva quella crosticina! Stavo per toccarla, metaforicamente, più e più volte, e ogni volta riuscivo a evitare di grattarmela. Mi fermavo, e il prurito passava.

Fino alla volta successiva.

"HO RICEVUTO QUESTA email", ha detto Alden.

Poche ore fa ero seduto dove sono anche ora, alla scrivania in quella che era stata la sua stanza fino a quando avevamo sistemato il suo rifugio nella mansarda. Avevo terminato l'ultima aggiunta al testo, e dopo avere letto 'Fino alla volta successiva', avevo deciso che mi sarei anche potuto fermare lì. Avevo salvato quello che avevo scritto, chiuso il documento, ed ero passato a guardare la mia posta elettronica. Non vi era nulla di interessante, e certamente nulla che avesse a che fare col DNA, o con indagini della scena di crimini, o con una donna morta decenni prima e a quattromila chilometri di distanza.

Ma poi avevo trovato qualcosa su cui cliccare, quello aveva portato a qualcos'altro, e presto mi ero perso a conoscere le abitudini riproduttive di un pesce da acquario chiamato *Copeina arnoldi*, noto più comunemente come 'splash tetra'. Non ho un acquario, né mi interessano i pesci. Kristin aveva avuto un piccolo pesce rosso in una vasca (e gli cambiava l'acqua, come Dio, nella vignetta), ma poi era morto, e così pure il pesce successivo. Da allora aveva deciso che come animale da compagnia le bastava Chester, il presunto Rottweiler. La vasca vuota del pesce era stata rimessa da molto tempo su uno scaffale nel seminterrato.

Dunque non avevo ragione di informarmi sullo splash tetra, ma con internet non servono tante motivazioni, e ciò che imparavo su quel pesce era abbastanza interessante da farmi continuare nella lettura. È quello che stavo facendo quando Alden entrò nello studio dicendo che aveva una email.

Ho alzato gli occhi.

"In realtà era indirizzata a Kristin", ha detto lui, "ma per loro abbiamo lo stesso indirizzo di posta elettronica. Loro fanno questa cosa, e non lo sapevo quando avevo spedito i campioni, oppure se lo sapevo, non ci pensavo. Cioè, magari mi è passato di mente, ammesso che lo sapessi ...".

Avrei potuto invitarlo ad arrivare al punto, ma perché fargli fretta? Sapevo cosa avrebbe detto.

"Loro prendono il tuo DNA e lo confrontano con quelli che hanno nei loro database. Non è come in TV, bing-bing-bing TROVATO! . . . perché non c'è mai una identità perfetta, perché, cioè, il tuo DNA è unico".

"Certo".

"Ma possono trovare dei tuoi parenti che non sapevi di avere. O anche che conoscevi, perché hanno trovato un DNA che per loro probabilmente è un primo cugino di Kristin, qua nell'Ohio; e sai chi è? Sono io, perché immagino che non possano distinguere i fratellastri. Quindi nei loro elenchi io sono un suo, virgolette, *molto probabile primo cugino*".

Era così? La cosa era inquietante di per sé, per le sue implicazioni e per quello che poteva presagire per il futuro, ma capivo che vi era altro.

"E questo era la settimana scorsa. Poi mi hanno detto di un mio secondo o terzo cugino, nel sud dell'Illinois. Cioè, dalle parti di Cairo".

"Si vede che ci sanno fare".

"Quella parte dello Stato la chiamano Little Egypt e, da quello che si sente, là tutti sono figli ritardati mentali del Ku Klux Klan, e scoprono il DNA solo quando sono arrestati per incesto, ammesso che lì sia considerato un reato. Cioè, queste sono cose che si sentono, ma sono sicuro che siano un'esagerazione".

"Sospetto che tu abbia ragione".

"Ad ogni modo, una donna ne sapeva abbastanza sul DNA da mandare il suo a questo laboratorio, e il suo profilo combacia sufficientemente col mio perché possiamo essere cugini. Non combacia con nessun altro, quindi questo la metterebbe nel ramo Shipley della famiglia".

"La vuoi contattare?".

"Forse. Non so. Magari scriverà lei per contattarmi, e potrò decidere". Sorrise. "Cioè, pensavo, magari le scrivo, e lei risponde, e ci troviamo, e lei è bellissima e sexy, e c'è questa forte attrazione fra noi, ma siamo lì e non possiamo fare nulla perché siamo cugini, e lo sappiamo tutti e due".

"Un vero problema da ventunesimo secolo", ho detto.

"Ma, cioè, sono solo mie fantasie; per quel che ne so può pesare centotrenta chili, avere un occhio blu e uno marrone, distanti tre centimetri, dopo due secoli di matrimoni tra consanguinei nel Little Egypt. Però, sì, è un problema da ventunesimo secolo, perché immaginiamo che il padre biologico di qualcuno fosse un donatore di sperma. E se uno dona lo sperma, non lo fa una volta sola. C'era una cosa alla TV, o forse su internet, non ricordo, ma in America un po' dappertutto gruppi di persone scoprono di avere per padre lo stesso donatore, e non l'hanno mai nemmeno visto ma se ne vanno in giro pieni del suo DNA".

Ne abbiamo discusso per un po', perché era di per sé un argomento interessante. Da trenta o quarant'anni ormai, uno studente universitario poteva andare una o due volte la settimana in qualche clinica, entrare in una stanzetta con una copia di *Playboy*, eiaculare in un contenitore e tornare a casa con qualche dollaro per il suo disturbo. Tutto lì: perché mai avrebbe dovuto preoccuparsi? Se la conseguenza del suo sforzo fosse stata una gravidanza, lui non l'avrebbe saputo, come nessuno avrebbe mai saputo del suo ruolo negli eventi.

Ma ora tutto era cambiato.

"Quindi non so", ha detto Alden. "Se farò o no qualcosa per questa cugina ritardata. Per ora almeno, credo che lascerò perdere".

Abbiamo stabilito che per il momento probabilmente sarebbe stato meglio rimandare la decisione. Ma Alden non mi avrebbe interrotto per riferire di una sua possibile cugina da parte Shipley a due stati di distanza. C'era qualcos'altro, e aspettavo che lui mi raccontasse il peggio.

"Però", ha detto, "pare che ci sia anche un paio di secondi o terzi cugini da qualche parte all'Ovest".

"Cugini tuoi?".

Alden ha scosso la testa.

"Allora di Kristin".

Ha assentito. Una donna di quarantaquattro anni nello stato di Washington e un uomo sui venti a Salt Lake City.

"Quindi dovrebbero, non so, essere parenti tuoi. Tu saresti il collegamento tra loro e Kristy".

Abbiamo lasciato che quelle parole restassero sospese in aria. Poi Alden ha detto: "Non dirò nulla a Kristy".

"No".

"Papà, mi spiace davvero di avere fatto tutto ciò. Sono

stato stupido, non ho pensato che fare un prelievo nelle guance di Kristy era come farlo, a distanza, nelle tue".

"Con un *cotton-fioc* molto lungo", ho detto.

"Eh, già. Fatto sta che io non volevo che accadesse. Ma in realtà è come se non fosse successo nulla, e niente accadrà, perché il solo modo in cui qualcuno potrebbe contattare Kristin Lynne Thompson sarebbe attraverso il mio indirizzo di posta elettronica; ma se arriva qualcosa nella mia casella io semplicemente la cancellerò".

Come se potesse essere così semplice. Come se di questi tempi ci fosse ancora qualcosa di veramente eliminabile.

NOI BORDEN DOVEVAMO esserci dispersi. Il nostro cognome era Borden, come quello dell'omonima compagnia di burri e formaggi che aveva come simbolo la Mucca Elsie.

Borden. Ho fatto una ricerca con Word in questo documento per essere sicuro di avere scritto il mio cognome per la prima volta dopo tutti questi anni, da quando avevo firmato il contratto di vendita della mia auto a un commerciante di Fort Wayne.

I dieci piccoli Borden erano cresciuti. Ci ho messo un po' a ricordare tutti i loro nomi, ed è interessante come si può farcela se ci si mette. Judy e Rhea, Arnie e Hank, Roger e Charlotte. E poi Tom e Lucas, Carole e Joyce. I quattro più piccoli, due maschi e due femmine. Non ricordo in che ordine fossero nati, non so ricordare i loro volti o altre loro caratteristiche. E di alcuni di quei nomi non sono neppure sicuro al cento per cento. Era Luke o Lucas, Joyce o Joy? Carol e basta, o Carole, con la E finale?

Forse non l'avevo saputo nemmeno allora. Non credo che i più piccoli mi fossero mai stati troppo chiari in mente, e temo di non avere mai prestato loro troppa attenzione.

E adesso, per la prima volta dopo tanto tempo, mi stavo chiedendo che cosa fosse stato di loro. I miei genitori erano certamente morti da anni, e mio padre sarà certamente morto ben assicurato. E i miei fratelli, le mie sorelle? Immaginai che alcuni fossero ancora vivi, e che uno o due non lo fossero più.

Judy e Rhea ora sarebbero potute essere nonne. Forse anche bisnonne, se la loro precoce educazione alla maternità le avesse indotte a sposarsi presto. Arnie, Hank, Charlotte, Luke, Carole, Joyce, Tom, dove siete finiti, quanti matrimoni e divorzi avete avuto, e quanti figli?

Non mi era mai importato di loro abbastanza da pormi questa domanda. Anche ora non mi interessava, in realtà, ma la domanda veniva spontanea.

ROGER. COSÌ MI chiamavo, Roger Edward Borden. Non mi è mai piaciuto. Molto meglio andare in giro con una camicia di seconda mano con scritto Buddy sul taschino, meglio essere chiamato Buddy che Roger.

Roger Wilco. Roger the Dodger . . .

Non credo vi sia nulla di particolarmente sbagliato in quel nome. Non è comunissimo ma nemmeno troppo strano.

Ma non mi è mai piaciuto essere Roger.

IERI NOTTE, QUANDO tutti si erano addormentati, ho guardato la pistola.

Era nel terzo cassetto di destra della mia scrivania, quello più in basso. Era quello che si poteva chiudere a chiave, e per quello l'avevo messa lì, dopo avere comperato il mobile. Era stato anni e anni prima, e non ricordo dove la tenessi prima.

O quando l'avessi guardata l'ultima volta, così che ho dovuto frugare negli altri cassetti, quelli aperti, per trovare la chiave. Se non altro, ciò ha messo fine al dubbio che la tenessi per difesa. Un rapinatore armato che fosse entrato in casa avrebbe potuto ucciderci tutti più volte, prima che potessi mettere le mani su quella pistola.

Alla fine ho trovato la chiave, sono riuscito a farla girare nella toppa e la pistola dimenticata dal tempo era lì dove l'avevo lasciata.

Vederla nel cassetto, per il resto vuoto, e sentirne il peso quando l'ho presa in mano mi hanno prodotto sprazzi di ricordi.

Uno era di quando, anni prima, avevo fiutato la canna

per cercare di capire se avesse sparato di recente. Ricordo che l'esito era stato inconclusivo.

Ho ripetuto il gesto, e questa volta ho percepito l'odore dell'acciaio di cui era fatta e dell'olio col quale l'avevo pulita prima di metterla nel cassetto. Me lo sono ricordato: avevo trovato il kit per pulire le pistole su uno scaffale della Thompson Dawes, l'avevo portato a casa e l'avevo usato come veniva spiegato nel foglio di istruzioni.

Dov'era la scatola del kit? Non l'avevo messa anch'essa nel cassetto?

Non credo di avere ancora ben descritto l'arma. È un revolver Colt a cinque colpi, con una canna da cinque centimetri, e in ogni camera vi è una cartuccia calibro .38 Special. Quando ne ero venuto in possesso non era così. Apparentemente sembrava completamente carica, ma vi erano tre bossoli vuoti in tre camere, e solo due cartucce nelle altre.

Era rimasta così fino a quando l'avevo pulita. Non ricordavo più i particolari, ma tenendo la rivoltella in mano mi sono tornati in mente. Quando avevo usato il kit, avevo pulito tutte le camere, e il giorno dopo avevo gettato tutto nell'immondizia, kit compreso.

La Thompson Dawes non vendeva armi, perciò mi ero sorpreso nel trovare il kit di pulizia. Ma non avevo mai badato troppo al vecchio magazzino nel seminterrato, e allora avevo curiosato qua e là per scoprire quali altre meraviglie celasse. La Porter Dawes evidentemente per un certo periodo aveva venduto armi, smettendo prima che io andassi a lavorare da loro. Non avevo trovato armi, ma alcuni accessori: un altro kit per la pulizia, uguale a quello che avevo usato, due scatole di cartucce, e varie munizioni per pistole e fucili.

Era finito tutto nell'immondizia, ma non prima che io avessi trasferito cinque cartucce .38 Special dalla loro scatola alla mia tasca, dove pesavano più del previsto. Non sapevo se sarebbero state del calibro esatto, ma a me sembravano identiche alle due che avevo scartato. Quando ero tornato a casa quella sera avevo tolto quel peso dalla tasca e avevo caricato le cinque camere vuote della Colt.

Le cartucce sembravano adattarsi bene. Io non sapevo, sia chiaro, praticamente nulla sulle pistole, e non sapevo se tirando il grilletto avrei avuto uno sparo o un semplice *click*. Avrei potuto scoprirlo con un semplicissimo test, ma perché? Col revolver chiuso per sempre a chiave nel suo cassetto, che differenza avrebbe fatto se era in grado di sparare o no?

E allora perché lo avevo caricato?

Una domanda legittima. Non sono certo di essermela posta in quel momento. Dubito che avrei caricato il revolver se fossi dovuto andare a comperare delle munizioni. Ma quelle cartucce erano in una scatola che stavo per gettare, non mi costavano nulla, nemmeno la fatica di andare in un'armeria; e se avessi tenuto un'arma in un cassetto chiuso, non sarebbe stato meglio se fosse stata carica? Non sarebbe dovuta essere pronta all'uso, benché non fosse probabile che qualcuno l'avrebbe mai usata?

Non importa. Non ci avevo pensato troppo allora, e non ci penso troppo nemmeno adesso.

Dunque. Ieri notte ho trovato la chiave, ho aperto il cassetto, ho tirato fuori la rivoltella, ho sentito il suo peso, fiutato il suo odore di acciaio e olio.

Non me la sono puntata alla tempia, non mi sono messo la bocca della canna in bocca. Non ho tirato il grilletto e fatto partire un colpo.

Non ho fatto nessuna di quelle cose. Ma ho immaginato di farle.

Per quello che vale.

QUEL VECCHIO CASO di trentatré anni prima era avvenuto in una città del Nebraska che ora non ricordo; mi tornerà in mente.

L'assassino, un uomo che se l'era cavata per tutti quegli anni e che era morto senza mai essere sospettato di nulla, aveva lasciato il suo sperma nella ragazza che aveva violentato e strangolato. E anni dopo, un investigatore di vecchi casi aveva elaborato il suo profilo DNA e aveva fatto una ricerca nelle basi di dati statali e federali.

La ricerca aveva dato esito nullo, perché l'uomo che cercavano in esse non c'era . A parte qualche infrazione automobilistica, e un paio di arresti per guida in stato di ebbrezza – per uno dei quali gli era stata sospesa la patente per sei mesi – aveva passato tutta la vita senza lasciare nulla

132

su un tampone della polizia scientifica. Non posso dire che la sua fosse stata una vita esemplare, e per quel che ne so avrebbe potuto uccidere ancora; ma se lo aveva fatto, non aveva lasciato alcuna traccia.

Quindi avevano esaminato il DNA che aveva lasciato a Kearney – quella era la città, sapevo che mi sarebbe tornata in mente; e non era di Kearney, era di una città vicina, e anche questa poi mi verrà in mente. E infatti: era Grand Island. Aveva ucciso la ragazza a Kearney, ed era tornato a Grand Island.

Ma non è questo il punto. Il punto è che avevano fatto una ricerca del suo DNA, e non era risultato nulla, e tutto era finito così. Solo che non è vero. Un altro anno di sviluppo della tecnica e, benché la possibilità che lui potesse essere un diretto discendente di Carlo Magno non lo avesse mai spinto a strofinarsi nelle guance un *cotton-fioc* e a spedirlo a *Trova i tuoi Antenati*, alcuni suoi parenti non erano stati altrettanto riservati.

E come una donna sui quaranta dello stato di Washington e un uomo più giovane nello Utah erano saltati fuori insieme al DNA di mia figlia, così era accaduto per i parenti del Killer di Kearney, che erano comparsi sullo schermo di un computer quando qualcuno aveva cercato bene.

In alcune trasmissioni nelle quali si parlava di vecchi casi raccontavano che, se un riesame degli indizi porta a un sospettato, la polizia lo può pedinare per settimane in attesa che egli sputi sul pavimento, o getti via un bicchiere di carta, fornendo un modo per esaminare legalmente il suo

133

DNA. In questo caso, non vi era stato nessun pedinamento. Un ordine del tribunale aveva consentito di esumare un corpo da una tomba nel West Texas, e non serviva il consenso del defunto per prelevare un campione del suo DNA.

Tombola! Corrispondenza perfetta.

Caso risolto.

FORSE QUALCUNO A Bakersfield, o più probabilmente qualcuno equivalente all'FBI della California, aveva già mandato i dati sul DNA di Cindy Raschmann ai vari siti 'Chi-è-tuo-padre'. Forse il laboratorio che aveva scelto Alden aveva già ricevuto una richiesta dalla California, e forse i risultati erano già comparsi sugli schermi dei loro computer.

Tutte queste cose sarebbero potute già essere avvenute.

E se non erano ancora accadute, lo sarebbero. Qualcuno in California avrebbe mandato una richiesta, qualcuno a Sacramento avrebbe approvato un viaggio nell'Ohio, e subito dopo sarebbero arrivati due uomini a suonare il campanello della nostra porta.

Viaggiano in coppia, no? Ma al giorno d'oggi non sarebbero necessariamente stati due uomini. Sarebbero potuti essere un uomo e una donna. O anche due donne, teoricamente, ma questo sembrava meno probabile.

Potrebbero essere lì anche ora, proprio mentre io sono

seduto qua e me li immagino. Forse stanno guidando attorno alla casa, decidendo come presentarsi. Questo potrebbe accadere in qualunque momento, e quando arriveranno è irrilevante.

Perché è solo questione di tempo, e quanto sia questo tempo non ha importanza. Stavano arrivando. E io non potevo andare da nessuna parte.

HO SCRITTO LE ultime righe tre giorni fa. L'altro ieri ho acceso il computer e ho riletto le ultime cose che avevo scritto. Ho chiuso il documento e sono rimasto a fissare lo schermo vuoto del portatile.

L'ho spento, sono andato in cucina, ho preso una birra dal frigorifero. L'ho guardata, l'ho rimessa dentro e ho preso un ginger ale. L'ho portato sotto il portico e mi sono seduto a guardare il traffico che passava per la strada.

Non ce n'è molto, nella nostra piccola via, ma qualche auto ogni tanto passa.

Mi sono accorto di guardare le targhe delle auto, per cercare un indizio che venissero da un altro Stato. Ma non sarebbero venuti in auto dalla California. Avrebbero preso un aereo e poi noleggiato un'auto. O li avrebbe portati in giro qualche collaborativo agente locale.

Il ginger ale era dolce. Conteneva un dolcificante, in effetti.

È una marca che piace a Louella. Non credo debba preoccuparsi per le calorie, ma preferisce il gusto dolce senza dovere consumare zuccheri.

"Anche se sembra un po' di barare", aveva detto una volta.

Come potrò fare con lei? Con tutti quanti?

IERI, IL GIORNO dopo avere bevuto il ginger ale sotto il portico, era il giorno della mia solita visita a Penderville. Ho chiamato il gestore del mio negozio laggiù e ho inventato una scusa per disdire il nostro pranzo, dicendo che sarei arrivato più tardi, a metà pomeriggio.

"Ma in ogni caso", dissi, proseguendo con le varie cose necessarie di cui avremmo dovuto parlare.

Verso le quattro ho preso la I-75 e mi sono diretto verso Penderville. Sono rimasto sull'interstatale, superando l'uscita che imboccavo solitamente, e mi sono fermato nel parcheggio di un ristorante chiamato Crazy Jane. Il neon rosso, che aveva attirato la mia attenzione nel corso degli anni, aveva il profilo di una donna.

Jane, immagino, anche se non aveva nulla di chiaramente pazzo.

Ho parcheggiato e dopo qualche minuto sono uscito dall'auto.

Un uomo entra in un bar.

VI ERA FORSE una dozzina di clienti, in gruppetti i cui componenti erano tutti molto più giovani di me. Un uomo e una donna in un separé, tre uomini a un tavolo, gli altri sugli sgabelli del bar.

Una o due teste si sono girate quando entrai, poi si sono voltate di nuovo.

Si sentiva una canzone country, cantata da una donna. Non sono riuscito a capire le parole.

La barista era una donna dai capelli così biondi da sembrare bianchi. A prima vista l'avevo presa per un uomo perché li aveva tagliati cortissimi, come un Marine. Ma il suo volto era abbastanza femminile, benché un po' duro, e i pantaloncini corti e il top che indossava mostravano un corpo da donna, pure attraente.

Ho ordinato una birra e lei ha detto che avevano la PBR alla spina, andava bene?

Ho fatto segno di sì, e lei l'ha spillata prima che capissi il significato. Pabst Blue Ribbon, naturalmente.

"Siedi dove ti pare", disse.

Ho portato il bicchiere a un tavolo lungo la parete e ho pensato al suo taglio di capelli, chiedendomi se fosse una cosa di moda o una sua decisione per qualche motivo di politica sessuale.

Ho immaginato di chiederglielo, mentre le mie mani sulla sua gola le impedivano di rispondere. Lei era forte, ma questa era una mia fantasia, così io ero più forte.

Mi è sorto un pensiero spontaneo. Forse non era un

taglio di capelli, forse li aveva persi tutti durante un ciclo di chemioterapia.

Forse era già sopravvissuta a un pericolo maggiore di quello che rappresentavo io, anche se solo nella mia mente.

Un disco smise, un altro iniziò a suonare. Cantava un uomo, questa volta, ma le parole erano sempre difficili da afferrare.

Finalmente ho bevuto un sorso della mia PBR. Quando aveva detto le iniziali, avevo pensato alla DDR, Repubblica Democratica Tedesca, poi avevo pensato alla NPR, National Public Radio, e finalmente avevo capito che era la Pabst.

Era buona.

Di solito nel mio frigorifero tengo la Heineken, e una confezione da sei lattine dura a lungo. Era una Heineken che l'altro giorno avevo preso e rimesso in frigorifero in favore di un ginger ale dietetico.

Ho alzato il bicchiere per bere un altro sorso, e l'ho posato senza averlo fatto. Pensavo. *La birra che ha reso famosa Milwaukee.* Era il verso di una canzone? Prima era uno slogan, certo, ma poi la canzone che diceva che 'la birra che aveva reso famosa Milwaukee aveva reso me uno stupido'. O un fesso, o qualcosa di simile.

Solo che non era la birra Schlitz, che aveva reso famosa Milwaukee? Un fallito, ecco la parola. *Ciò che ha reso famosa Milwaukee ha reso me un fallito.*

Ma Dio, che differenza poteva mai fare?

QUANTO TEMPO SONO rimasto là? Mezz'ora?

Abbastanza da ascoltare qualche altra canzone, abbastanza perché uno dei tizi da soli al bar se ne andasse e perché altri due lo sostituissero. Abbastanza perché io abbandonassi la fantasia che avevo cercato di costruire attorno a Maggie.

La barista si chiamava così. Avevo sentito un cliente chiamarla per nome, il che la rendeva un po' meno anonima e un po' meno adatta per l'uso che volevo farne. Ho ricordato cose che prima avevo notato appena durante il nostro breve scambio. Un piccolo tatuaggio su un polso, apparentemente un misterioso simbolo cinese. Uno più grande sulla spalla, che prima avevo preso per un gambero, ma che, ripensandoci, era più probabilmente uno scorpione.

Il che voleva dire che era dello Scorpione, nata in autunno.

O che aveva, o aveva avuto, un amante dello Scorpione. O che l'animale era la sua creatura totemica, scelta per ragioni che potevo solo ipotizzare.

Non sapevo nulla di lei, ma conoscere queste piccole cose la rendeva maggiormente una persona reale, e trasformava quello che volevo fare nelle mie fantasie in un'offesa personale. Il fatto che lei non se ne rendesse conto, che io non fossi altro che un vecchio con una birra, seduto quasi invisibile nell'ombra, che lei si fosse probabilmente del tutto dimenticata di me – niente di tutto ciò sembrava mitigare il mio crimine.

C'era un'altra donna, quella nel separé. In realtà non vedevo bene come fosse, perciò nella mia immaginazione potevo rappresentarla come preferivo. Nella mia mente, mandavo il suo compagno nei bagni, la attiravo lontana dal suo posto prima che lui tornasse, e . . .

Non importa.

Credo di essere rimasto al Crazy Jane mezz'ora, tre quarti d'ora al massimo. Il mio bicchiere di birra era ancora mezzo pieno quando me ne sono andato.

Le mie fantasie, spostate da Maggie all'altra donna, non volevano stare al gioco. La mia mente non riusciva a tenerle a fuoco. Continuava a divagare, e io ho lasciato perdere, lasciandola libera; dopo essermi chiesto per la quarta o quinta volta cosa diavolo facessi lì, ho gironzolato un po' anch'io. Dall'uscita, per il parcheggio e poi indietro fino all'auto.

Adesso mi chiedo cosa stessi facendo, e sembra che affiorino delle risposte.

Vi è un pensiero che ho avuto mentre parcheggiavo l'auto. *Per una pecora come per un agnello*, avevo pensato. La frase completa sarebbe *Ti possono impiccare per una pecora come per un agnello*; e voleva dire che se sono destinato ad essere arrestato per quello che avevo fatto tanti anni fa, allora tanto vale che aggiorni il mio curriculum facendo di nuovo la stessa cosa.

Ma quelle parole non erano ciò che pensavo veramente. Sapevo bene che non ero andato al Crazy Jane per trovare una vittima. Non la stavo cercando.

In realtà, cosa stavo cercando?

Non Cindy Raschmann. E nemmeno la MILF che se ne era andata.

Forse stavo cercando Buddy.

Cercavo l'uomo che ero stato, cercavo di trovarlo acquattato nella mia mente di adesso. Perché deve essere lì, da qualche parte.

Sono stanco. Vado a letto.

MI CHIEDO COSA stia passando nella mente di Alden.

Deve sapere qualcosa.

Questa sera mentre cenavamo avevamo la televisione accesa e c'era qualcosa che riguardava una decisione giuridica preliminare.

Una società poteva condividere volontariamente i suoi *database* genetici con chi indagava vecchi casi? Poteva essere obbligata a farlo? Il diritto alla privacy di qualche ignaro parente di un assassino veniva in tal modo violato? E quel diritto era superiore all'imperativo morale di togliere dalla circolazione un pericoloso criminale?

Le questioni in ballo sembravano complicate sia legalmente che moralmente, ed era evidente che non sarebbero state risolte dalla mattina alla sera. Le controversie erano note e le si sentiva abbastanza spesso in diversi contesti: per esempio quando qualche agenzia governativa aveva voluto poter accedere all'iPhone di qualcuno dopo un attacco

141

terroristico, e la Apple aveva respinto l'ingiunzione di farlo.

A un certo punto ho guardato Alden e ho visto che mi stava fissando. I nostri sguardi si sono incrociati solo per un attimo, e non sono certo di avere letto qualcosa nei suoi occhi, ma ho avuto una sensazione. Che fosse preoccupato, che capisse che quel problema si applicava al mio caso in qualche modo particolare.

O forse avevo una macchia sulla camicia. Forse non vi era nulla da interpretare nella sua espressione, ed era solo la mia continua ansia a farmi pensare altrimenti.

La trasmissione era terminata con l'usuale servizio sentimentale, di una donna con due gambe artificiali che aveva donato un rene a qualcuno. Louella aveva spento il televisore, e forse avremmo potuto parlare di quello, invece riprendemmo la questione del DNA.

"È una discussione che torna sempre in una forma o nell'altra", ho detto. "Da un lato, c'è il diritto alla privacy individuale, dall'altro c'è il diritto pubblico alla sicurezza. Le nuove tecnologie sollevano sempre nuovi problemi. Se commetti un crimine, o almeno dai ragione di credere di averlo fatto, ti possono arrestare, e intanto prenderti le impronte digitali e fare una ricerca col computer per sapere se le hai lasciate sulla scena di un crimine a Salt Lake City".

"Che crimine si potrebbe mai commettere a Salt Lake City, dove ci sono solo Mormoni?", ha chiesto Louella. "La monogamia?".

"E ti arrestano dopo anni", ha aggiunto Alden, "per

monogamia seriale. Ma so quello che stai per dire, papà. Prendono le impronte a chiunque e nessuno contesta il loro diritto a farlo, perché è una procedura che si fa da anni. Qualcuno sa quando hanno cominciato a prendere le impronte digitali?".

Nessuno lo sapeva. Io ho detto che lo facevano da che ne avevo memoria, e che se qualcuno avesse provato a dire che era un'invasione della privacy, nessuno gli avrebbe dato retta. "Col DNA è diverso", ho detto. "Può variare da Stato a Stato, ma, generalmente parlando, serve un mandato del giudice per prendere un campione".

"Per il fatto che si preleva qualcosa da una persona?".

"È un procedimento invasivo", ho detto, "benché non sembrerebbe che ci sia una gran differenza tra inchiostrare le dita di qualcuno e strofinargli la bocca con un tampone, no?".

"Ma se beve da un bicchiere", ha detto Alden, "non è invasione della privacy. Se è un bicchiere di carta e lui lo butta via, perché se è nel cestino è permesso. Ma se lui si vuole tenere il bicchiere e tu glielo strappi di mano, allora possono rifiutare la prova per non so quale motivo, tipo perquisizione o appropriazione indebita".

"Ma anche no", ho detto, "a seconda di ciò che hai fatto, dello Stato in cui l'hai fatto, e di ciò che il giudice ha mangiato a colazione".

"Non sei contento che farai il veterinario?", gli ha chiesto Louella, "e non l'avvocato?".

"Però, guarda quello che fai ogni giorno", ha aggiunto

Kristin, agitando un dito verso il fratello. "Invadi la privacy di creature che non possono nemmeno parlare per protestare".

L'abbiamo guardata tutti.

"Quando mai Chester ti ha dato il permesso di controllare il suo DNA? Magari voleva tenere segreta la sua discendenza Rottweiler. Ci hai mai pensato?".

Immagino che fosse semiseria, poiché lei ha il suo modo di guardare le cose, e una tendenza a dire cose serie scherzando. Questa volta è riuscita a deviare la conversazione e presto ci siamo tutti impegnati, non per la prima volta, a dirci a vicenda tutte le qualità che elevavano Chester alle vette più alte della caninità.

Ho accolto con piacere il cambiamento di soggetto, e ho avuto la sensazione di non essere stato il solo.

Ore più tardi.

Alden era andato nella sua stanza, probabilmente a fare i compiti. Noi altri siamo rimasti a guardare un quiz alla TV, e dopo che l'ultima domanda ebbe fregato tutti e sei – noi tre Thompson e i tre concorrenti – sono venuto su qua e ho scritto le pagine precedenti.

Poi avevano bussato alla porta. Mi sono voltato. Louella, in camicia da notte. Una che le avevo regalato io.

"Sono proprio stanchissima", ha detto, e ha sbadigliato.

"Lo so che è presto, ma improvvisamente non riesco a tenere gli occhi aperti".

"Perché non ti metti a letto?".

"Non voglio disturbarti", ha detto, "quando hai da fare. Ma se sei certo che non ti dispiaccia..."

È ANDATA BENE.

Perché dovrei sorprendermi? Da quando avevo suggerito la prima volta che lei fingesse di dormire, quello era stato sempre il modo in cui facevamo l'amore. Molto spesso era su suo suggerimento ("Oh, non riesco a smettere di sbadigliare. Di colpo ho tanto sonno") ma qualche volta ero io che lanciavo l'idea ("Cara, vedo che sei esausta. Perché non chiudi gli occhi e ti addormenti?").

Abbiamo lasciato il mio studio e siamo andati nella camera da letto, dove lei si è distesa. Ero preoccupato che la mia visita al Crazy Jane potesse crearmi dei problemi, o che nella stanza con noi vi fosse il fantasma di Cindy Raschmann.

Ma non è successo nulla di tutto ciò. La mia mente non ha evocato fantasie su Maggie la barista o sulla donna nel separé, o nessun altro, reale o immaginario. Da qualche anno ho smesso l'abitudine di eccitarmi con le fantasie, inventate o ricordate, probabilmente perché avevano perso la loro efficacia. Ciò che faccio è semplicemente di dedicarmi al compito di dare piacere alla mia compagna.

145

Ovvero a mia moglie.

A mia moglie Louella.

Ora siamo più vecchi, e ciò che sento nel cuore e nella mente non sempre si traduce nella potenza dei miei fianchi. Ma non sembra che importi. I nostri rapporti, in qualunque forma, sono gratificanti per entrambi.

Questa notte, sorprendentemente, sono stato in grado di fornire una prestazione convenzionale, e...

No, basta. Non cancello quello che ho appena scritto, ma credo sia ora di chiudere la porta della stanza da letto. E mettere due righe vuote, e ricominciare.

ECCO.

Ho appena richiuso a chiave il cassetto della scrivania, dopo averlo aperto qualche minuto prima. Ho impugnato il revolver, ne ho sentito il peso, o appoggiato il dito sul grilletto. Non ho mirato a nulla, se non forse nella fantasia.

E ora è di nuovo al sicuro, e la chiave del cassetto è di nuovo dove la tengo.

C'era un aggeggio ridicolo che qualcuno aveva regalato a mio padre. Lo aveva tenuto sulla scrivania per qualche tempo, e mi ricordo che mi aveva fatto vedere come funzionava. Era una scatoletta con un interruttore, e lui aveva spinto la levetta. Il coperchio si era aperto e una mano senza corpo era uscita dalla scatola col dito teso. Il dito aveva

146

spinto la levetta, il meccanismo si era spento, la mano era tornata nella scatola e il coperchio si era chiuso.

L'ho descritto da cani, ma forse avete capito l'idea. Ho dimenticato come chiamavano quell'aggeggio, ma il concetto era che lo si accendeva e la sola cosa che esso faceva era di spegnersi da solo.

Penso di fare qualcosa di simile con la rivoltella. Ho aperto il cassetto solo per poi chiuderlo di nuovo.

SE COMPARE UNA pistola nel primo atto della vostra commedia, il vostro pubblico si attende che spari prima che cali il sipario.

Non so chi lo ha detto. Non credo vi siano pistole nelle commedie di Shakespeare. Penso che siano solo spade, pugnali e veleni. Quindi non fu Shakespeare, e Mark Twain non ha scritto commedie, e Benjamin Franklin nemmeno.

Potete cercarlo con Google.

Non importa, l'ho cercato io per voi. Anton Čechov.

QUESTA PISTOLA SPARERÀ?

Direi che ne ho guadagnato il diritto. È rimasta appesa, metaforicamente, al muro da quando è arrivata in mio possesso, e l'ho citata tanto spesso in questo documento che nessun lettore potrebbe legittimamente affermare di non essere adeguatamente preparato a qualsiasi ruolo essa possa avere.

Se mi rintracceranno, se il DNA lasciato su Cindy Raschmann lo collegherà a qualche sconosciuto nipote e parente, sarebbe meglio che io non fossi in giro a vedere il resto della commedia. La mia immaginazione si rappresenta infiniti svolgimenti dell'ultimo atto, e tutti sono terribili.

Meglio andarsene prima che avvenga.

Voglio morire? No, sinceramente non lo voglio. La mia vita mi piace, mi piace essere la persona che sono diventato. Amo mia moglie, mio figlio, mia figlia.

E questo è il problema; e non devo cercare la battuta, anche se so che è di Shakespeare. È Amleto che lo dice: essere o non essere. Ma esiste. Il problema.

Amo mia moglie. Amo mio figlio. Amo mia figlia.

Lasciate che lo dica. Non mi ero mai aspettato di amare qualcuno. Non l'avevo mai considerato possibile. E ricordando come ero una volta, il giovinastro con la camicia di *Buddy*, vedo un uomo che corrisponde a ogni definizione di un sociopatico.

Un uomo senza coscienza. Un uomo senza empatia. Un uomo che non sa, o non si preoccupa, dei sentimenti degli altri.

Un uomo che distingue il bene dal male, nello stesso modo in cui sa che la Terra è a centocinquanta milioni di chilometri dal Sole. *Sì, okay, bello. Ho capito. E allora?*

Non posso dire di avere studiato la sociopatia, ma ne avevo abbastanza interesse personale per impararne qualcosa. E una conclusione che ne ho tratto, che sembra irrefutabile e inevitabile, è che per questa malattia non vi è cura. Per quanto si sia consapevoli di sé stessi, del mondo in cui si vive ...

No, facciamo il caso personale:

Per quanto io sia consapevole di me stesso o del mondo in cui vivo, non posso cambiare quello che sono. Posso riuscire a cambiare il mio comportamento, come ho superato il confine di uno Stato, come ho venduto un'auto e ne ho comperata un'altra, come ho cambiato il mio nome.

Io, che ero stato un vagabondo, ora ero diventato proprietario di una casa. Un marito e un padre, una persona abitudinaria. Avevo lavorato nello stesso campo quasi per tutto il tempo che ero a Lima; adesso ero padrone di una ditta, e l'avevo allargata fino a trasformarla in un piccolo successo.

Io, che avevo strangolato una giovane donna e ne avevo violato il corpo morto, ora mi mettevo a tavola ogni sera per cenare con mia moglie e i miei figli. E giocavo a bowling col mio gruppo una volta la settimana. E ...

Basta così.

Ma dunque, che ne era stato di Buddy? Era stata una specie di forma larvale sociopatica, e dalla sua crisalide era in seguito emerso un essere umano pienamente sviluppato?

Sarebbe bello pensarlo.

Ma sono seduto qua, guardando il mio computer, guardando oltre di esso la persona che sono e la vita che ho fatto, e non è proprio così, vero?

Buddy non se n'è andato. È sempre qua. Si comporta in modo diverso, e per certi versi vede sé stesso e il mondo in modo diverso.

Ma ora ha una coscienza?

No, ho subito scritto; ma poi sono tornato indietro e ho corretto. Diciamo *Sì e no.*

Perché so bene, in un modo e una misura che Buddy non aveva mai avuto, ciò che dovrei fare. E con gli anni mi sono abituato a seguire i suggerimenti di quella particolare voce interiore.

Perché è giusto? Perché è ciò che Dio, o un suo equivalente, qualche suo divino sostituto, vuole che io faccia?

Perché sarò più in pace con me stesso se farò la cosa giusta?

No, non credo.

Penso di avere imparato che per me è prudente ciò che questa quasi-coscienza mi dice di fare. È nel mio interesse, e io sono in grado di agire per il mio interesse e vincere gli impulsi contrari.

Infatti, l'ho fatto tanto a lungo che di quegli impulsi sono a malapena consapevole.

Ma continuo, nel mio intimo, nella mia vera natura, a essere un sociopatico.

Diciamo le cose come stanno, anche se le mia dita esitano a scrivere queste parole. Sono qua a soppesare le possibili linee d'azione che le circostanze potrebbero portarmi a seguire. Vi ho appena detto che amo mia moglie, mio figlio, mia figlia.

E una delle azioni che mi trovo a valutare, a considerare del tutto spassionatamente, mi porterebbe ad annientare la mia famiglia.

Ucciderli tutti. Uccidere Louella, uccidere Alden, uccidere Kristin.

SONO PASSATI TRE giorni dalle ultime righe. Dopo avere scritto i loro nomi sono rimasto a fissare lo schermo, a rileggere più e più volte quel paragrafo. Ho cercato di trovare qualcos'altro da scrivere, da aggiungere; ma qualunque parola mi venisse in mente non sembrava valesse la pena di essere scritta.

Dopo un po' ho chiuso il computer e sono andato a letto.

Mi sono addormentato subito e ho dormito profondamente. La mattina mi sono alzato e ho ripreso la mia solita vita, e non sono entrato in questo studio fino alla sera, dopo i notiziari e dopo un programma di quiz. Ho aperto questo documento, ho letto gli ultimi paragrafi, sono rimasto a pensare, o a non pensare, forse per cinque minuti, poi ho chiuso di nuovo tutto.

Il giorno dopo ho fatto la stessa cosa. Il giorno ancora successivo – credo fosse ieri – non sono nemmeno venuto nello studio.

Mi sono fermato davanti alla porta, senza riuscire a

pensare a quello che avevo scritto, o pensare perché volessi scrivere qualcosa.

Ho pensato alla pistola. Ho pensato a Čechov. Sono sceso da basso a vedere cosa c'era alla televisione.

E ora sono qua.

SAREBBE PER RISPARMIAR loro il peggio.

Per me ha senso, benché riconosca che l'idea sia del tutto assurda. Ci sono tre persone, persone alle quali voglio bene come non avrei mai pensato di poter fare per nessuno, tre persone che vivono un'esistenza che chiaramente piace loro – e io sto effettivamente considerando l'idea di porre fine a quelle vite.

Sono certo che troverete l'idea agghiacciante. Vi assicuro che non è meno agghiacciante per l'uomo che la sta pensando.

Ma se non lo faccio?

Perché, vedete, come io amo loro, loro amano me.

Sono un marito amorevole per una di loro, un amorevole padre per le altre.

Benché dubiti che mi possano confondere con Cristo, Confucio o Capitan America, e benché creda che vi sia chiarezza ed equilibrio nel loro amore, sicuramente essi hanno più stima di me di quanto ne abbia io per me stesso.

Loro pensano che io sia un uomo buono.

E perché non dovrebbero? Non ho mai dato loro motivo

per pensare altrimenti. Nella vita che ho condotto, la vita della quale sono stati parte, ho interpretato la parte di un uomo buono.

Ho dato una buona prova. A volte sono riuscito anche a convincere me stesso.

Ma che succederà quando un'auto della polizia si fermerà davanti alla nostra casa? Cosa accadrà quando suonerà il campanello e uno di noi aprirà la porta?

Cosa succederà, quando tutto andrà a rotoli?

Incredulità, all'inizio. Hanno commesso un errore, sono venuti alla casa sbagliata, hanno preso la persona sbagliata.

Per qualche motivo c'è stato un errore, per qualche motivo un marito o un padre che conoscevano e stimavano è stato collegato a una atrocità che poteva essere stata commessa solamente da qualcun altro.

Ma prima o poi ci avrebbero creduto. In un modo o nell'altro, avrebbero saputo la verità.

E poi? Non so cosa potrebbe accadere in seguito. Posso immaginarmi una serie di scenari futuri, ma non quale sarà in serbo per noi. È perché abbiamo il libero arbitrio? O solo perché non possiamo conoscere i copioni prefissati per le nostre vite?

Soggettivamente, sembrerebbe essere la stessa cosa.

La sola cosa che mi è chiara sul futuro è che sarà terribile. Loro sapranno la verità su di me, come pure tutti quelli che conosco, tutti i miei soci del Kiwanis, del Rotary, del Lyons, i tizi con cui gioco a bowling, i miei dipendenti...

Eccetera. I clienti dei negozi, a Lima e a Pederville. Tutti

153

quelli che vivono nella zona, in effetti, chiunque guardi la televisione o legga un giornale.

Persone che non conosco. Che non ho mai incontrato e mai incontrerò. Persone di tutto il mondo, persone che se non fosse stato per il miracolo del DNA non avrebbero mai sentito parlare di John James Thompson o di Roger Borden o, Dio non voglia, di Cindy Raschmann.

Ma ovviamente non devo per forza restare qua per vedere tutto ciò. Non mi serve trovare un avvocato e assistere a tutto lo svolgimento. Anche adesso, seduto qua, potrei aprire il cassetto in basso a destra e mettermi una pallottola in testa.

Sarebbe la fine di tutto. Escludendo la terribile ironia di una vita dopo la morte, io ne sarei fuori. Per me sarebbe finita.

Ma per loro?

Tutto il resto di quel maledetto scenario continuerebbe anche in mia assenza. Dei giornalisti caccerebbero il microfono sotto il naso di Louella, chiedendo i particolari della sua vita con un violentatore e omicida. Alden e Kristin subirebbero qualcosa di simile, probabilmente peggio.

Io me la sarei cavata facilmente, sarei uscito di scena codardamente, e li avrei lasciati da soli ad affrontare un'infinità di sofferenze.

Dunque. Tre persone, mia moglie, mio figlio e mia figlia, e sono le uniche al mondo a cui io voglio veramente bene. Se li uccidessi nel sonno una dopo l'altra, se ognuno di essi morisse sul colpo, quando poi io stesso mi toglierò la vita, tutto sarebbe finito.

Saremmo tutti al sicuro. Nessuno potrebbe farci nulla. Nessuna rivelazione della verità potrebbe infrangere il nostro mondo di illusioni, perché non saremmo più in quel mondo, né in nessun altro.

Naturalmente sarebbe una storia molto più grande della sola soluzione di un vecchio caso dimenticato. Il mostro che aveva violentato e ucciso tanti anni prima sarebbe diventato il mostro molto più orribile che aveva annientato tutta la propria famiglia.

Una vicenda molto più grande e più duratura. Ma non sarebbe come il famoso albero che cade nella foresta, ma non produce rumore perché non vi è nessuno a sentirlo? Se tutti noi quattro ce ne fossimo andati, cosa importerebbe quello che succede in un mondo nel quale non ci troviamo più?

La pistola è nel cassetto. Il cassetto è chiuso. La chiave è a portata di mano.

E io sono seduto qua.

Vorrei commettere l'azione più folle e deprecabile, infinitamente peggiore di quello che avevo fatto a Cindy Raschmann?

O sarebbe un atto di misericordia?

Devo pensare a tutto ciò.

E L'HO FATTO?

Le mie routine mi hanno tenuto occupato. Alzarsi, lavarsi, farsi la barba. Colazione, poi un'altra tazza di caffè con Louella quando i ragazzi erano usciti per andare a scuola.

Era una bella mattinata. Avrei potuto andare al lavoro a piedi, ma sarei dovuto tornare a casa a mezzogiorno, perché mi sarebbe servita l'auto per andare al mio incontro del Rotary all'ora di pranzo. Avevo saltato le ultime due o tre riunioni, ma non mi preoccupavo di perdere i contatti.

I club da molto tempo non erano più importanti per i rapporti d'affari che favorivano. La Thompson Dawes faceva il suo dovere e non mancava mai di dare utili, né minacciava di non assicurare buoni introiti. Eravamo sopravvissuti alla concorrenza di Walmart, di Costco e di Home Depot, benché ognuno di essi fosse stata una minaccia. Non ci sarebbero stati nuovi negozi o sforzi erculei per fare aumentare il giro d'affari.

Avevo sentito una storiella. Uno scozzese, avaro di natura come sempre in simili racconti, è in un negozio ed esamina un soprabito. Si preoccupa della durata del capo e chiede alla commessa quanto possa durare.

La commessa guarda lui, guarda il soprabito, poi lui, poi il soprabito.

"Vi durerà fino a quando ve ne andrete", dice.

E anche la Thompson Dawes durerà fino a che ce ne andremo, producendo un reddito soddisfacente finché Louella e io ci saremo ancora per spenderlo. È quello che basta. Alden è deciso a diventare veterinario, e il suo entusiasmo non è mai vacillato. Per Kristin, è troppo presto per immaginare che carriera potrebbe piacerle, benché a volte io me la immagini in una stand-up comedy, come umorista da palcoscenico, oppure come quella che scrive le battute per qualcun altro.

Nessuno di loro vorrà vendere martelli, chiodi, pentole e padelle alla brava gente di Lima, o anche di Penderville. La Thompson Dawes potrà continuare a restare in affari con un nuovo proprietario e, sicuramente, con un nuovo nome.

Oppure il negozio potrebbe anche chiudere. Non sono preoccupato di lasciare un'eredità commerciale. Né il mio nome né quello di Porter Dawes hanno bisogno di un posto nel pantheon dei commercianti di Lima.

Cose che mi ritrovavo a pensare, quando non pensavo all'omicidio e al suicidio.

SONO ANDATO ALLA mia riunione, ho sentito una o due storielle, e ho raccontato la mia sullo scozzese e il soprabito dopo che qualcuno si chiedeva se rivendere la sua seconda auto, o cercare di farla durare ancora un anno.

"Be', spero che non mi duri fino alla morte", ha detto quello, "ma direi che mi può durare fino ai prossimi modelli".

Mi sono aggiornato sulle ultime notizie e ho saputo

che la salute di un uomo di nome Charles Kittredge stava volgendo al peggio, e la sua famiglia aveva deciso di optare per l'assistenza infermieristica per malati terminali a casa. Conosco Charles da molto tempo, quando ancora questi servizi non erano diffusi. Era già un membro attivo del Rotary quando io ero andato al mio primo incontro e, benché la fine non sembrasse evitabile entro l'anno, non mi aspettavo che fosse così presto.

Charles e io – era sempre Charles, mai Charlie o Chuck – non siamo mai stati amici intimi, ma ci vedevamo abbastanza spesso, e sempre in circostanze piacevoli, da diventare parte del nostro reciproco panorama sociale.

Mi sarebbe mancato?

Andrò al suo funerale. Avrei la possibilità di vederlo prima di quel momento, potrei fare in modo di fargli una visita, ma so che non lo farò. Non eravamo abbastanza intimi per giustificarlo. Aspetterò la sua morte, e manderò dei fiori e un biglietto alla vedova.

E metterò un completo scuro e andrò al funerale. E poi lo penserò di rado. Forse per nulla.

Tutte cose per tenermi occupata la mente, quando non sto valutando i pro e i contro di uccidere la mia famiglia e me stesso.

"PA', HAI UN MINUTO?".

Avevo scritto l'ultima frase e passato forse cinque minuti

alla scrivania, leggendola. Non mi veniva in mente nulla da aggiungere.

O da togliere, a dire il vero.

Quindi avevo chiuso tutto, ero sceso da basso, mi ero seduto nella mia poltrona e avevo preso un libro che Louella aveva letto e mi aveva consigliato. Non ero andato molto avanti con la lettura, e certo non mi dava fastidio essere interrotto.

Louella era in cucina e Kristin davanti alla TV. Alden e io siamo andati fuori, sotto il portico. Lui ha iniziato a dire qualcosa, e si è interrotto quando una moto è passata rombando. Quando il rumore era cessato, ha detto che si chiedeva come sarebbe guidarne una. Ho risposto che ero curioso anch'io.

"Ma non abbastanza da provarci", ho detto.

"Mi sentirei strano, a fare tutto quel rumore e a interrompere tutte le conversazioni".

"Penso che uno si abitui".

"Immagino di sì. Papà, c'è un'altra email. Per Kristin, ma è arrivata a me".

"Un altro DNA simile".

Ha fatto cenno di sì con la testa. "Un uomo a Scottsdale, Arizona, ed è più simile degli altri. Come se fosse una zia, o uno zio. Ma non può essere una zia, perché . . .".

"Perché è un uomo".

"Ah, giusto".

"Immagino che non ti abbiano detto il nome".

"In realtà me l'hanno detto".

"Ah".

"Si chiama Henry Elmont Borden".

Mio fratello Hank. Avevo mai saputo il suo secondo nome? Immagino che avrei dovuto saperlo, ma non mi risvegliava alcun ricordo. Elmont. Un nome di famiglia, penso, che dava una certa distinzione.

Probabilmente esistono centinaia di Henry Borden, ma ce ne devono essere molti meno con Elmont per secondo nome.

"La mail è arrivata oggi?".

"In realtà ieri. Volevo dirlo ieri sera, ma . . .".

"Ma non c'era fretta".

"Immagino di no. Ho fatto male?".

"No, certo", ho detto. "Facciamo un giro in auto?".

Quando ho avviato il motore la radio si è accesa, sintonizzata su una stazione di vecchi classici. L'ho spenta e ho guidato senza nessuna meta, vagando per la periferia.

Siamo rimasti in silenzio per un po'. Poi io ho detto: "Scottsdale è vicino a Phoenix. Una grande area, credo. Vi è una associazione di negozianti indipendenti. La Porter Dawes è stata iscritta per molto tempo, e la quota è abbastanza bassa, così io non l'ho mai disdetta. Avevano fatto un congresso a Scottsdale. Non ci sono andato, non ci ho mai pensato, ma è quello che mi viene in mente se penso a Scottsdale".

"E questo uomo . . .".

"Evidentemente vive lì".

Alden ha aspettato.

"È mio fratello", ho detto. "Henry, ma lo chiamavano tutti Hank. Forse adesso si fa chiamare Henry, o magari H. Elmont Borden. Era Elmont il secondo nome?".

"Così diceva l'email".

"Henry Elmont Borden. Eravamo dieci, tra fratelli e sorelle. Non so quanti ci siano ancora. Immagino che grazie ai miracoli dell'analisi genetica lo scopriremo".

"Papà, non volevo che succedesse questo".

"Non fartene una colpa. Non c'era modo di prevederlo".

"Non ci ho proprio pensato".

E che cosa pensava adesso? Che vi era qualcosa nel mio passato che volevo evitare, ma aveva un'idea di cosa potesse essere?

Ho cercato un posto per fermarmi e ho trovato uno spiazzo, con alcuni negozi ormai chiusi. Vi erano solo due veicoli parcheggiati, un furgone e un SUV, uno di fianco all'altro, davanti a un negozio di pezzi di ricambio per auto. Mi sono messo in uno spazio a un'estremità e ho spento il motore.

"Quando arrivai qua", ho detto, "avevo superato i confini di molti Stati. Io ero cresciuto nell'Ovest".

"Lo sapevo, mi pare".

"E che altro sai?".

"Eh?".

"O sospetti. Devi avere intuito qualcosa della situazione".

Alden teneva le mani in grembo, appoggiate alla cintura di sicurezza, gli occhi fissi su di esse. Ha detto: "So che c'è qualcosa nel passato che, se venisse alla luce, sarebbe un problema".

"E puoi immaginare che cosa potrebbe essere?".

"In realtà, no". Si è voltato per guardarmi. "Davvero, non importa cosa sia, sai? Quello che hai fatto, o credi di avere fatto, o quello che era. È rimasto sepolto per tutti questi anni, e deve solo restare ancora sepolto; e se non fossi stato così stupido da spedire quei prelievi col DNA . . .".

"Saremmo arrivati allo stesso punto per qualche altra via. Quindi smetti di darti delle colpe".

"Se lo dici tu. Però . . .".

"Ero una persona molto diversa", ho detto. "Senza radici, sbandato. Senza la consapevolezza di un ordine sociale e del mio posto in esso. Senza la comprensione dei miei pensieri. O di come gestirli, perché avevo poco controllo dei miei impulsi".

Alden sedeva in silenzio, con gli occhi bassi.

"Sai che cosa è un sociopatico?".

"Più o meno".

"La definizione cambia, a seconda del dizionario che consulti. Ma se tu ne prendessi uno illustrato, mostrerebbe una foto di Buddy".

"Buddy? È così che ti chiamavano?".

"Solo se leggevano il nome ricamato sulla mia camicia. In uno dei lavori che ho fatto, ed ero un po' più vecchio di quanto sei tu adesso, ero un addetto a un distributore di benzina nella California meridionale".

"Non vivevi più in casa".

Scossi la testa. "Trovavo un lavoro, dormivo in auto fino a quando trovavo una stanza, restavo per un po', poi mi spostavo di nuovo. Fare il pieno alle auto. Era prima che ai distributori pensassero che ci si potesse rifornire da soli e pulirsi da soli il parabrezza, e a quelli che facevano il mio lavoro pagavano il salario minimo. Un tizio che aveva avuto il mio posto prima di me aveva lasciato la sua camicia; sul taschino era ricamato *Buddy* in corsivo. Era la mia taglia, così l'ho presa, l'ho lavata e l'ho usata". Ci ho pensato. "Credo di averla lavata, ma forse no. Per quelle cose tendevo a essere un po' trascurato".

Alden era seduto e ascoltava tutto.

"In un posto dove avevo lavorato ho ripulito la cassa prima di andarmene. Ma è stato perché non mi piaceva come il padrone mi trattava. È buffo, mi ricordo la sua faccia, ma non cosa avesse detto o fatto per darmi tanto fastidio".

"È stato tanto tempo fa".

"Molto, molto tempo fa, e si potrebbe dire che allora fossi una persona diversa. Forse lo ero, forse no".

Alden non ha detto nulla e abbiamo lasciato echeggiare le ultime parole nell'aria per qualche istante.

Ho detto: "Dovrei arrivare al dunque. Tua madre probabilmente sta per mettere la cena in tavola. Una sera, dopo il lavoro, indossavo ancora quella camicia di Buddy e sono andato in un bar per bere una birra; e ho fatto una cosa. Ora faccio fatica a dire che cos'è quello che ho fatto".

"Non devi dire nulla per forza, papà".

"Ho ucciso una persona".

Un'altra frase che restò sospesa nell'aria, solo che questa volta le parole guizzavano avanti e indietro, rimbalzavano nell'abitacolo, producevano un'eco e nel silenzio sembravano ingigantirsi. Ho aperto un finestrino, non tanto per fare entrare un po' d'aria, quanto per lasciare uscire le parole.

"Una donna", ho detto. "Si chiamava Cindy Raschmann, ma non seppi il suo nome se non più tardi, e lei non ha mai saputo il mio. Sapeva solo quello che c'era sulla mia camicia. 'Ehi, è Buddy'. Ricordo queste sue parole che pronunciò all'inizio. Non ricordo altro di quello che disse".

Tranne quello che disse moltissimi anni dopo, in quello che doveva essere stato un sogno, ma che sembrava molto più reale di qualsiasi sogno avessi mai avuto. Aveva detto ancora le stesse parole, *Ehi, è Buddy*, e aveva detto altre frasi. Le ho scritte prima, quando le avevo fresche nella memoria, ma ora non sto ad andare a cercarle.

E poi aveva aggiunto *Ti perdono*.

"E io l'ho uccisa".

"È stato un incidente".

Che bravo figlio era. Che ragazzo per bene, leale e generoso. Potevo accettare l'aiuto che mi offriva?

Chiaramente no.

"Non è stato un incidente", ho detto. "E non ero ubriaco. Avevo bevuto un bicchiere di birra e penso di non averlo nemmeno finito. Siamo usciti insieme dal bar".

Sono stato sommerso dai ricordi, ma non ho sentito la necessità di esprimerli in parole. Sono saltato avanti.

"Alla fine le stavo stringendo la gola", ho detto, "e non l'ho mollata fino a quando era morta".

"E POI HO *scopato il suo cadavere*".

Ma no, questo non l'ho detto.

QUELLO CHE HO detto poi, dopo un lungo silenzio, sono state delle scuse. Non per il mio atto, ma per averlo raccontato.

"Non avrei mai immaginato di dirti tutto questo", ho detto. "Non avrei mai pensato che ce ne sarebbe stata ragione. Supponevo che il passato restasse nel passato".

"E io dovevo proprio andare a . . .".

L'ho fermato subito. "Se devi incolpare qualcuno", ho detto, "limitati a Crick e Watson, che hanno scoperto il DNA. Dopo che la scienza ci è arrivata, era certo che seguisse la tecnologia. Dovevano solo trovare un modo per utilizzare quella scoperta, e tutto si è sviluppato. E continua a svilupparsi, perché c'è qualcosa di nuovo ogni volta che ci si guarda attorno. Il DNA da contatto, Dio santo. Una volta servivano dei liquidi corporei per avere abbastanza cellule per ricavare un profilo genetico. Ma ora, qualunque contatto tra due persone trasferisce abbastanza DNA da poterlo utilizzare".

"Non so davvero come", ha detto lui, "ma immagino che funzioni".

"Immaginiamo che le nostre mani si tocchino", ho detto. "Un po' di ciò che è sulla mia mano va a finire sulla tua. Su *48 Ore*, una o due settimane fa c'era quel caso. Uno stupratore seriale che seguiva fino a casa le donne che uscivano dal Walmart".

"Credo fossero i supermarket Target. Ma non c'è differenza".

"Evidentemente per lui c'era. Nei Target si trova un tipo di donne più attraenti. Lui usava i preservativi".

"Ricordo".

"E li gettava via lontano. Non aveva paura di prendere una malattia venerea".

"O di mettere incinta qualcuna".

"Sapeva del DNA nello sperma", ho detto, "e pensava di essere al sicuro. Cosa avrebbe fatto se avesse saputo del DNA da contatto? Avrebbe usato dei guanti?".

"O una di quelle tute protettive con la maschera".

Stavo immaginandolo, o ci provavo, quando Alden ha detto: "Papà, dopo che tu . . .".

"L'ho uccisa", ho continuato.

Ho pensato che potesse esitare, dopo quella parola. Invece no. "Poi che hai fatto? Te ne sei andato?".

"Ho guidato per un po', ho trovato un motel. Ero un vagabondo, quindi mi sono spostato qua e là. Mi sembrava di dovermi aspettare che mi prendessero. Ma non era successo nulla, e non so quanto vicini a me fossero arrivati, o che prove avessero ricavato dalla scena del crimine, o dalle loro indagini. Ma poi è arrivato Sirhan Sirhan".

"Chi?".

"Il tizio che ha assassinato Bobby Kennedy".

"Ah, sì. Ho sentito il nome, ma non ricordo dove, e sai qual è stata la prima cosa che ho pensato adesso? Che fosse il nome di un complesso".

"O di un rapper".

"Il piccolo Sirhan. È passato veramente tantissimo tempo, no?". Ha fatto un sospiro e si è raddrizzato sul sedile. Ho colto l'opportunità, se era quella che mi offriva; ho acceso il motore e sono tornato a casa.

FRA IL PUNTO in cui ci eravamo fermati e casa nostra Alden ha trovato un modo indiretto per chiedermi se nel mio curriculum vi fossero stati altri casi oltre a quello di Cindy Raschmann.

Gli ho assicurato che non avevo mai fatto nulla di simile, prima.

Ma gli ho detto che ci avevo pensato. Era una fantasia di vecchia data, ho detto, e avevo capito che tale sarebbe sempre rimasta.

"Ma non hai più . . .".

"Fatto qualcosa di simile? No, mai".

Ha assentito, grato per essere stato rassicurato, ma per

qualche ragione io non ho voluto lasciare le cose così. "Ci ho pensato", ho detto.

"Oh".

"Ci sono state volte in cui avrei potuto agire".

"Ma non l'hai fatto".

"No, mai. E l'istinto . . .".

"Se n'è andato?".

"Si è placato", ho detto.

A CENA, FU come se non avessimo mai tenuto quella conversazione. Louella aveva preparato uno stufato di agnello, modificando una ricetta che aveva fatto in passato, rendendola più saporita con cumino e peperoncino.

"E ho usato la pentola normale, invece di quella a pressione. E devo dire che mi sono sentita un po' sleale".

L'hanno guardata.

"La prima conversazione con vostro padre", ha detto, "fu nel negozio, su una pentola a pressione".

"Ma parlammo del rabarbaro", ho detto.

"Ho portato a casa la pentola e mi ha servito perfettamente per tutti questi anni".

"I migliori che abbia mai avuto", ho detto.

"Avete resistito entrambi benissimo", ha detto lei, "e non ho mai cucinato il rabarbaro con niente altro".

Come ho incontrato vostra madre. Louella ha ricordato degli episodi, e io da parte mia ne ho aggiunti un paio. Non era la prima volta che noi quattro percorrevamo il Viale del Ricordo, e ad Alden e Kristin , come sempre, sembravano piacere questi sguardi al passato dei loro genitori.

Mi sono chiesto, però, cosa pensi Alden adesso, dopo che la conversazione avuta in quel parcheggio mi aveva posto in una luce diversa. O potrebbe semplicemente isolarla e tenerla a distanza di sicurezza dal rabarbaro e dalla pentola a pressione?

⸻

QUANDO ABBIAMO LASCIATO la tavola, ho detto ad Alden che sarei stato di sopra, nel mio studio.

"Mi puoi dare, uhm, mezz'ora, quarantacinque minuti?".

Mi sono messo alla scrivania e subito al lavoro, ricreando la nostra conversazione come avete letto sopra. Ho battuto l'ultima frase e l'ho guardata a lungo, chiedendomi se avessi altro da aggiungere. Ho deciso di no, e avevo appena chiuso il file quando Alden ha bussato alla porta.

Ho guardato l'orologio. Mi aveva lasciato un'ora.

Gli ho detto di entrare e gli ho indicato una poltrona. È comoda, ma lui non sembrava molto a suo agio. Lo potevo capire. Gli avevo appena spontaneamente confessato di essere un omicida. Chi sa che cosa avrei potuto tirare fuori ancora?

"Probabilmente hai qualche domanda", ho detto.

Lui si è stretto nelle spalle.

"Tipo, perché ho deciso di dirti tutte quelle cose".

"Direi che me lo sono chiesto".

"Non me lo aspettavo. Quando avevo cominciato a puntare a est, a un certo punto sembrava che me la sarei cavata. Quando sono arrivato nell'Ohio avevo un nome nuovo e dei documenti corrispondenti. Mi sono rifatto una vita completamente nuova, e ho immaginato che il passato rimanesse passato".

"Ma poi, per via del DNA . . .".

"Non è solo il DNA. Anche tutta la faccenda del riesame dei vecchi casi. Il mondo cambia con una velocità che fa girare la testa, e uno di questi grossi cambiamenti è che non c'è modo di liberarsi del passato. È così, ormai".

"Non sono sicuro di avere capito".

"Se vai indietro, be', diciamo cento anni fa . . . No, un po' di più. Facciamo centocinquanta. Torniamo ai tempi del Far West. Pensa a quando alla TV o in un film si vede un uomo a cavallo che cavalca in una prateria e arriva in una città. Quale fosse il suo passato, poteva lasciarselo alle spalle, in un'altra città.

Il suo nome era quello che decideva di darsi. Nessuno poteva chiedergli di vedere un suo documento di identità, perché non l'aveva, nessuno ne aveva uno. La tua storia era quella che raccontavi e, a meno che arrivasse in città qualcuno dal tuo passato, potevi rifarti una vita e dimenticarti di quella vecchia".

Alden assentiva, immaginandosi il quadro. "E non c'erano telecamere di sorveglianza", ha detto.

"Erano molto scarse anche fino a venti anni fa. Le aveva-no i negozi di liquori e altri, in aree ad alto rischio di crimi-ne, ma non sempre funzionavano, e la gente si dimenticava di gestirle. La Porter Dawes ne aveva una sola, puntata sul-la cassa, e uno dei miei compiti era di riavvolgere il nastro all'ora di chiusura e prepararla per il giorno seguente. Ora abbiamo quattro telecamere nel negozio e una fuori, sono digitali e in pratica sono del tutto automatizzate. E questo per un negozio dove non è mai avvenuta una sola rapina".

Abbiamo parlato delle telecamere e della loro impor-tanza come deterrente contro il taccheggio. Per le rapine, noi già eravamo un bersaglio poco probabile, e lo diven-tavamo sempre meno, man mano che aumentavano gli ac-quisti senza contante, effettuati con carte di credito.

Divagavamo dal soggetto, ma andava bene. Un padre e un figlio, che provavano piacere nel conversare scambian-dosi opinioni.

Esaurito l'argomento, o almeno dopo averne parlato per quello che serviva, ho detto: "Non ti aspettavi questo, quando mi hai detto di mio fratello Hank".

"Non saprei dire cosa mi aspettavo, papà".

"Ma non questa conversazione".

"No, penso di no".

"Nemmeno io. Io volevo che tutto quel periodo della mia vita restasse a Bakersfield".

"È là che successe?".

"Ed è là che avevo ormai creduto di averlo lasciato. Come quel cowboy, che entra in una nuova città per ripartire da

171

zero. Ho vissuto questa nuova vita per tanti di quegli anni, che ricordo appena quella vecchia, e l'uomo che ero prima".

"Buddy", ha detto Alden.

"Buddy è sparito", ho detto, "e non fatico a illudermi che non sia mai neppure esistito. Non credevo che si trovasse mai il modo per seguire le sue tracce fino nell'Ohio. E non pensavo che qualcuno qua dovesse mai sapere qualcosa di ciò che era avvenuto là, anni fa".

Alden ha riflettuto e assentito con un cenno.

"Col miglioramento delle scienze forensi, quando tutta la storia dei vecchi casi ha cominciato a fare notizia e ad arrivare sui programmi televisivi, quello che mi ha preoccupato non è stata la prospettiva di un processo e di una condanna per me. È stato il fatto che tu e tua madre avreste saputo chi ero stato e che cosa avevo fatto".

"La mamma non sa nulla di tutto ciò".

"No. Ma lo sapreste entrambi ben presto, se venissero a bussare alla porta. E anche tua sorella, e di questo io non mi do pace".

"No".

Ho chiuso gli occhi per un attimo e ho scelto le parole con attenzione. "È stato difficile", ho detto, "avere questa conversazione. Ma diventava sempre più difficile *non* averla".

"Credo di capire cosa intendi".

"Una cosa che mi pesava – e non so neppure quanto ne fossi davvero consapevole – era che per mantenere questo segreto dovevo tenere in ombra tutta la mia vita passata. Vi erano tutte le cose di me che non potevo farvi sapere. Dio santo, ho nove fratelli e sorelle! Sono nove tra zie e zii che non avreste mai conosciuti. Non dico che eravamo molto intimi, ma esistevano, e voi avevate il diritto di sapere di loro, ma io non potevo dirvi nulla. Ovviamente non sono tuoi consanguinei, ma...".

"È come se lo fossero", ha detto Alden. "Tu sei mio padre, loro sono tuoi fratelli e tue sorelle, e questo fa sì che siano miei zii e zie. E non so quanto conti il legame di sangue, ma comunque sono consanguinei di Kristy".

"Sì, questo è vero".

"DNA e tutto", ha detto.

DNA e tutto.

Gli ho detto che dopo quella conversazione mi sentivo meglio. Aveva tolto parte della mia tensione interna. Abbiamo parlato ancora un po', poi lui è andato a fare i compiti e io mi sono messo al computer a riportare la nostra conversazione.

TU SEI MIO *padre*. Quattro parole, pronunciate senza particolare enfasi, che pure mi hanno fatto venire un nodo alla gola e continuano a tornarmi in mente.

Lo sono davvero. E sono anche il padre di Kristin, e il marito di Louella. Sono J. J. Thompson, da lungo tempo commerciante locale, membro di diversi club di servizio civico.

Frequentatore non assiduo della chiesa, giocatore di bowling una volta la settimana. Un padre di famiglia, un uomo, come ho già detto, abitudinario.

Sono tutte queste cose. E sono anche Buddy, e ancora prima Roger.

"Tu sei mio padre".

Ho scritto questa parole e posso sentire Alden che le pronuncia, ed esse continuano a commuovermi. E mi portano alla memoria un'altra breve frase che sembrano echeggiare:

"Ti perdono".

E mi trovo sull'orlo delle lacrime. Ma non devo trattenerle. Sanno trattenersi da sole.

HO SCRITTO L'ULTIMA parte quattro giorni fa. Ho spento il computer, sono sceso da basso e ho continuato la mia solita vita. Il giorno seguente non sono nemmeno entrato nello studio, e il successivo ancora mi sono trovato a pensare che questo diario (se voglio chiamarlo così, e penso che sia un termine adatto come qualunque altro), che questo diario sia servito a uno scopo e sia stato un utile sfogo, ma che ora ha fatto il suo tempo e che ora non sia più necessario.

Forse dovrei eliminare il file. O, dato che la sua cancellazione è un processo così incerto e poco convincente, forse quello che dovrei veramente fare sarebbe di buttare tutto il computer dopo avere distrutto fisicamente l'hard disk.

Probabilmente è ora di cambiarlo in ogni caso. Non so da quanti anni lo possegga, ma certamente due o tre anni in più di quanti ne abbia la mia auto. Ogni due o tre anni la gente spende denaro per comperare un'automobile che non è sostanzialmente diversa da quella che rivende; i computer, d'altra parte, evolvono molto più rapidamente, eppure li teniamo il più a lungo possibile.

Ci ho pensato, e senza dubbio ci penserò ancora, e terrò questo portatile (che non si sogna di lamentarsi mentre batto sui suoi tasti) fino a quando non morirà e deciderà per me.

Come ho detto, sono passati quattro giorni. Sarebbero potuti essere parecchi di più, non c'è modo di saperlo, se non fosse stato per la puntata di *Crimini Veri* di questa sera.

Un vecchio caso risolto. Una donna, nel Tennessee orientale, non lontano da Knoxville, che si era allacciata le Nike ed era andata a correre, diciotto anni fa.

E non era più tornata a casa.

Vi erano state le solite segnalazioni, avvistamenti addirittura fino a Denver, ma non avevano mai condotto a nulla. Si supponeva fosse morta, probabilmente sepolta sotto uno spesso strato di terra, dove non sarebbe mai stata ritrovata.

Erano quasi certi che fosse stato il marito, e la sua posizione non era migliorata dopo che egli non aveva superato il test con la 'macchina della verità'. Ma era rimasto fedele alla sua versione – è uscita, non è tornata, non ho idea di dove sia finita – e i risultati col poligrafo non sono ammessi come prova. Il procuratore locale aveva deciso che non avevano prove sufficienti per un processo. Se ci avessero provato, l'avvocato difensore avrebbe potuto far notare che la donna aveva una specie di boyfriend, un compagno di corse occasionale; e benché sia il suo alibi che i risultati del poligrafo lo avessero scagionato per quanto concerneva la polizia, il suo ruolo nella vita della donna sarebbe potuto essere sufficiente per una giuria per costituire un'ipotesi alternativa sul crimine, generando un dubbio ragionevole.

E non c'era il cadavere. Servono sempre accuse più convincenti se non si può trovare il corpo.

Così, il marito non era mai stato accusato, e tanto meno condannato, ma tutti pensavano che fosse stato lui, compresi i suoi figli. Dopo meno di un anno si era trasferito a Baton Rouge. Negli anni aveva cambiato città altre volte, e quando ritrovarono il corpo della moglie egli era in un centro di recupero di Medford, Oregon, aveva appena terminato un periodo di disintossicazione e lavorava in un autolavaggio.

Era stato un uomo anziano con un metal detector che aveva trovato il corpo della donna.

Dopo avere insegnato per tutta la vita storia all'Università del Tennessee, si era dedicato a due hobby per tenersi occupato in pensione. Raccoglieva erbe commestibili nel campi e, mentre lo faceva, perlustrava il terreno con un metal detector, trovando un gran numero di antiche palle di moschetto, monete e molte linguette a strappo delle lattine di birra.

La donna – potrei trovare il suo nome su Google, ma che differenza farebbe? Benché fosse stata sepolta con la vera matrimoniale al dito, sembrava improbabile che quella fosse stata sufficiente per essere percepita dal metal detector. Ma anni prima si era rotta un femore, e per curare la frattura le avevano inserito una piastra metallica e, be', avete capito.

L'uomo aveva scavato e, quando aveva cominciato a trovare delle ossa, aveva preso il telefono e aveva chiamato la polizia.

Erano andati nell'Oregon a prendere il marito, il quale ci aveva messo qualche istante per capire di quale moglie parlassero. Da allora, era stato sposato e divorziato altre due volte, e l'uso di oppiacei lo aveva reso un po' svanito. Confermò che sì, quando le avevano curato la frattura le avevano messo una piastra di metallo, e se era di titanio poteva valere un paio di dollari; e pensava che era un bene che ne avessero ritrovato il corpo ma, di nuovo, lui non ne aveva nulla a che fare. Non era stato lui a ucciderla, o a scavare una fossa e mettervela.

La cosa notevole è che aveva ragione. Mentre controllavano il DNA per essere certi di avere trovato la donna che faceva jogging, trovarono anche un altro DNA, immaginando che fosse del marito, il che avrebbe portato a un'accusa e una condanna nei suoi confronti.

Invece no. Era il DNA dell'amico della donna. Aveva divorziato dalla moglie anni prima, l'aveva lasciata con la casa e i figli e si era trasferito nel Texas orientale. Si era risposato e aveva avuto due bambini, si era rimesso a fare l'oculista, tagliava l'erba del praticello di casa e curava il giardino, ed era l'allenatore della squadra di calcetto della figlia minore. E non era sembrato per nulla sorpreso quando avevano suonato alla sua porta. L'accusa verso di lui era ben lontana dall'essere schiacciante, ma lui aveva invitato in casa gli agenti, aveva offerto loro del tè freddo e aveva raccontato tutto.

Aveva rinunciato all'estradizione, li aveva accompagnati volontariamente alla contea di Knox per il processo, dove su avviso del suo avvocato aveva ritrattato la confessione, ritirata la sua iniziale ammissione di colpevolezza, ed era finito con l'avere un ergastolo.

All'inizio del servizio, mi aspettavo che il vecchio caso fosse stato riaperto grazie al DNA di qualche parente in *Trova i tuoi Antenati*, perché ora è sempre quello che mi attendo. Ma quello non era mai entrato in gioco: avevano già il DNA di entrambi gli uomini, il marito innocente e l'amico colpevole, e avevano solo dovuto eseguire i normali test. E quello era stato il risultato.

Ma questo caso aveva anche riflessi del tutto diversi. Se c'è un Dio, dimostrava di essere l'Ironista Sommo. Ecco due uomini, il marito e l'amico, ed entrambe le loro vite seguono la strada che ci si attenderebbe. Il marito, chiaramente colpevole nonostante la formale presunzione di innocenza, era velocemente caduto in basso, finendo quasi inevitabilmente nell'alcolismo e nella dipendenza dalle droghe, con una buona probabilità di morire per un'overdose quando il suo ultimo periodo di riabilitazione si sarebbe dimostrato non più efficace dei precedenti.

Non punito dalla legge, forse, ma punito dalla vita.

L'amico invece, ritenuto innocente non solo dal sistema legale ma da tutti gli interessati, aveva superato la fine del proprio matrimonio e si era ricreato una vita esemplare. Aveva avuto un reale successo, non solo professionale ma anche come marito e come padre. Pensatela come vi pare, ma la squadra di calcio della figlia non aveva perso nemmeno una partita in nessuna stagione.

Eppure era il colpevole, e avrebbe passato il resto della vita in prigione, mentre la nuova moglie e i figli tentavano di accettare la svolta che aveva preso la loro vita.

Potete ben dire che avesse attirato la mia attenzione.

Sono venuto nello studio per scriverne e non mi sono fermato a chiedermi perché sentissi il bisogno di farlo. Nulla di ciò che posso sentire alla TV può cambiare la mia situazione, che io sappia. Ma la storia mi ha colpito, il che non dovrebbe sorprendere, e stare qua a battere i tasti e formare parole sullo schermo sembra il modo che ho trovato per elaborare i pensieri nella mente e gli eventi nella mia vita. Non so se mi aiuta a mettere le cose nella giusta prospettiva, qualsiasi cosa ciò voglia dire, ma è quello che ho imparato a fare, e credo che una ragione ci sia.

Mi chiedo cosa ne abbia pensato Alden.

Eravamo seduti tutti e quattro a guardare la TV, ma dopo quindici minuti Kristin aveva sbadigliato teatralmente ed era andata nella sua stanza a fare un videogame.

Louella andava e veniva dalla cucina perché doveva curare qualcosa, ma Alden e io non ci siamo mai mossi dai nostri posti.

Ogni tanto lo guardavo e un paio di volte i nostri sguardi si sono incrociati. Non so cosa pensasse, ma posso immaginarlo.

ALDEN WADE SHIPLEY THOMPSON.

È un giovane uomo, ma pure ancora un ragazzo; e che peso gli ho dato da portare . . . Ho fatto bene o male a condividere con lui il mio segreto?

La risposta sarebbe più facile se sapessi con sicurezza quanto vi sarebbe da sapere sulla morte di Cindy Raschmann. Verrà un paio di poliziotti a bussare alla nostra porta?

Se venissero sarebbe un conto, se non venissero un altro.

Potrebbero non venire. Le indagini a volte si bloccano. Un caso fermo per molti anni potrebbe non avere mai più abbastanza input per portare da qualche parte. Non c'era modo di sapere quanto buono fosse il loro campione di DNA, o quanto si fosse degradato nel corso degli anni. O avrebbero potuto perderlo, e rinunciare a rintracciarlo.

Lo Stato e le amministrazioni locali sono sempre più ostacolate dai tagli nei fondi, e suppongo che debbano decidere le loro priorità, investendo le risorse nei casi che hanno la maggior probabilità di essere risolti . . . o quelli più importanti, o quelli in cui il familiare più stretto della vittima insiste maggiormente perché sia concluso.

Conclusione. Vedere le cose in prospettiva. Non so che diavolo significhi, ma lo si sente ripetere sempre. "Dovevo continuare a indagare il caso", dirà in una intervista un tenace agente, "perché sentivo che dovevo una conclusione a queste brave persone".

E poi, quando si presume l'abbiano avuta, quando arriva una condanna e il colpevole è condotto via per passare in prigione il resto della sua vita, dov'è la conclusione? Oltre a una certa meschina soddisfazione, ciò che esprimono quegli amici e quei parenti è un senso di delusione.

> *Lei è sempre morta. La vita continua, e continua la morte. E adesso? È tutto qui quello che resta?*

Se venissero a prendermi, la conversazione che ho avuto con Alden ridurrebbe un po' l'orrore e lo shock per quello che ne seguirebbe. Lui potrebbe consolare sua madre, rassicurare sua sorella.

Ma se non venissero mai?

MI ERO FERMATO qua, dormendoci sopra, e mi sono svegliato con la sensazione di avere una risposta. Forse una notte di sonno mi ha dato una certa prospettiva, se non una conclusione.

Mi sento più vicino ad Alden dopo aver avuto quella conversazione, per il fatto che sa l'orribile verità sull'uomo che è diventato suo padre. Se il caso di Cindy Raschmann resterà dimenticato per sempre, se i visitatori più noiosi che ci troveremo alla porta saranno dei Testimoni di Geova o dei Boy Scout che vogliono vendere dei biscotti, è comunque stato un bene, più che un male, essermi aperto con mio figlio.

Ma questo non conclude nulla. Sono riuscito a rispondere a una domanda solo per sollevarne un'altra.

L'ULTIMA AGGIUNTA L'HO scritta l'altro ieri, battuta velocemente prima di scendere per colazione.

Le previsioni del tempo davano pioggia, quindi sono andato alla Thompson Dawes in auto, e ho sentito le notizie alla radio. Una di esse ha attirato la mia attenzione mentre stavo parcheggiando al mio posto, e sono rimasto lì fermo per ascoltarla sino alla fine.

Riguardava un uomo nel Missouri che, in un penitenziario statale, stava scontando una condanna che andava da venti anni all'ergastolo per avere ucciso una donna. Non vi erano nuove prove, né potevano essercene. Vi erano stati testimoni del crimine, le prove materiali supportavano la condanna, lui aveva subito confessato e non aveva mai ritrattato la confessione stessa.

182

Sei mesi fa un giudice ne aveva ordinato la scarcerazione. Il detenuto aveva 76 anni, aveva passato quasi metà della propria vita in una cella, ed era arrivato a un'età nella quale certamente non era più una minaccia per la società.

Così lo avevano liberato, e dopo nemmeno sei mesi quel figlio di puttana l'aveva fatto di nuovo. Si era comperato un coltellaccio da caccia, di quelli che si usano per scuoiare i cervi, e aveva ucciso una donna di mezza età con un solo colpo al cuore. Per quanto se ne fosse saputo, la donna era per lui una perfetta estranea, e se l'uomo aveva avuto un motivo per ucciderla se lo era tenuto per sé.

Per tutta la mattina ho pensato alle persone coinvolte: l'uomo stesso, le due donne che aveva ucciso a quasi quarant'anni di distanza e il giudice, la cui rielezione ora sembrava improbabile.

Che cosa significava? E perché a me sembrava possedere un significato, benché ancora fastidiosamente oscuro?

Non è piovuto.

QUESTO È STATO IERI.

Oggi mi sono svegliato e il cielo era sereno, faceva fresco ma non freddo. Ho preso l'auto perché dovevo andare a un pranzo del Kiwanis, ma avevo già praticamente deciso di saltarlo e a mezzogiorno, salito in auto, non ho nemmeno pensato di andare verso il centro.

Non mi ero reso conto di avere deciso nulla, ero andato a dormire con la speranza consapevole di svegliarmi con una risposta.

Ma evidentemente la decisione era nata da sola, e una domanda non posta aveva trovato la sua risposta.

Sono tornato a casa. Il garage era vuoto, quindi Louella era andata da qualche parte.

Al supermarket? Probabilmente.

Sono andato in soggiorno, ho acceso e spento la televisione, ho preso una rivista da sfogliare. Non è passato molto tempo prima che sentissi la sua auto nel vialetto d'accesso. Quando sono uscito, aveva già aperto il bagagliaio e ne stava estraendo una borsa della spesa piena. Gliel'ho presa, lei ne ha tirata fuori un'altra dall'auto, e io l'ho seguita in casa.

"Be', questa è una sorpresa", ha detto. "Pensavo che oggi avessi il Kiwanis".

"Possono fare a meno di me".

"Mentre io non posso", ha detto.

Ci siamo baciati, e lei ha fatto un passo indietro e mi ha guardato. La sua espressione leggermente sorpresa era comprensibile. Io sono uno molto abitudinario, e arrivare a casa a metà giornata, senza averlo annunciato e senza un particolare motivo, era insolito.

Ma non era allarmata. Quale che fosse la ragione per cui ero tornato, lei avrebbe aspettato che gliela spiegassi. Ho detto: "Ero un po' preoccupato per te".

"Per me?".

"Questa mattina, prima che io uscissi".

184

"A colazione?".

"La tua energia", ho detto. "Ti senti bene?".

"Sto bene", ha detto Louella. "Almeno, mi pareva, fino a che me lo hai chiesto. Cosa esattamente . . .".

"Mi sembri solo molto stanca. Assonnata, perfino".

"Assonnata".

"Come se questa notte non avessi dormito abbastanza, e adesso non riuscissi quasi a tenere gli occhi aperti".

La sua espressione si è rilassata, e i suoi occhi si sono illuminati. "Ora che me lo dici . . .".

"Sei stanca, non è vero?".

"Esausta", ha detto. "Non è strano, come io stessa non me ne rendessi conto?".

"Be', a volte è più facile che queste cose le veda un'altra persona".

"Deve essere così".

"Specialmente se è una persona che ti conosce molto bene".

"Quasi meglio di me stessa", ha detto. "Santo cielo, sono stanca come non lo sono mai stata. Dovrei proprio andare a letto".

"Dovresti, davvero".

"E tu sei qua", ha detto, avviandosi verso la scala.

"A casa per pranzo".

"Non è strano come vanno le cose?".

"Oh, sì", ha detto. "È proprio vero".

"OH DIO MIO", ha detto più tardi.

"Ti senti meglio, adesso?".

La sua risposta fu una risatina.

"Mi sa che quel pisolino ti ci voleva proprio", ho detto.

"Direi anche che è valsa la pena che tu tornassi a casa per pranzo. O sei tornato a piedi? No, eri in auto".

"Avevo l'auto", ho detto, "ma sarebbe valsa la pena di tornare anche a piedi. O strisciando sulla pancia come un rettile".

Questo l'ha fatta pensare ai 'bruchi misuratori' e al loro curioso modo di muoversi; ed entrambi ci siamo ricordati una cosa che avevamo visto alla TV, di certi monaci orientali che si avvicinavano al tempio strisciando in un modo che poteva essere stato ispirato solamente da un bruco misuratore. Ci siamo chiesti quali peccati potessero avere ispirato un tale comportamento, e perché lo ritenessero un modo ragionevole per espiarli.

Poi la conversazione ha divagato in direzioni meno sistematiche di quelle che avrebbero preso monaci orientali o bruchi misuratori.

Tra le altre cose, io le ho detto che la amavo e lei ha detto che mi amava. Poi ha sbadigliato, si è stiracchiata e ha detto, come entrambi abbiamo ripetuto spesso in questi anni, come eravamo stati fortunati a incontrarci.

Ho detto: "Chissà se lo penserai ancora a fine giornata".

"Sarò ancora raggiante", ha detto; poi si è resa conto delle mie parole e la sua espressione si è fatta preoccupata.

"Dobbiamo fare un discorso", ho detto.

186

Louella si è messa a sedere. "Stai bene? Caro, devo chiamare un dottore?".

Non un dottore. Magari un avvocato.

Ma quello che ho detto è stato: "No, sto bene. Ma ci sono delle cose che ti devo dire, e non so da dove cominciare".

ED È COSÌ che ho iniziato, confessando che non sapevo da dove cominciare, o come. Può essere stato un modo come un altro. Poi le parole mi sono venute facilmente.

Non è importante quali parole abbia usato, o in che ordine. All'inizio sentivo prima le parole nella mia mente, così da scegliere che cosa dire e che cosa tralasciare; ma poco dopo quella piccola eco anticipata non si è fatta più sentire, e io ho proseguito, dicendo ciò che dovevo.

Ho parlato a lungo, anche se non saprei dire quanto. Non so a che ora ho iniziato, e non mi sono reso conto del tempo. Ero seduto nel letto accanto a lei, quando ho cominciato, e non ho mai cambiato posizione. Anche lei non si è mossa, sdraiata accanto a me. Di tanto in tanto la guardavo, ma per la maggior parte del tempo i miei occhi fissavano il vuoto, puntando verso il fondo del letto.

Dove stava in piedi Cindy Raschmann quando mi aveva detto che io ero perdonato.

Quando guardavo Louella, non potevo capire molto dalla sua espressione. Sembrava sempre attenta, ma quando mi fermavo affinché lei potesse esprimere un commento, lei non ne forniva nessuno, aspettando semplicemente che io continuassi.

Me ne sono meravigliato. Negli anni, ho dovuto tenere qualche volta un discorso in uno dei miei club, e ho imparato a prendere forza dal mio pubblico, cercando con gli occhi quegli ascoltatori visibilmente attenti, i cui cenni e le cui espressioni mi esortavano a continuare, come un silenzioso coro di incoraggiamento. Ora non ne vedevo nessuno, proprio mentre cercavo la comprensione e l'approvazione dell'ascoltatore più importante al quale mi fossi mai rivolto.

Ma capisco ora che lei mi ha dato, durante la mia esposizione, esattamente la reazione che mi serviva. Ascoltava, mi dava tutta la sua attenzione, e mi lasciava lo spazio per continuare.

Che cosa ho detto? E che cosa ho taciuto?

Penserete che io ricordi tutto, parola per parola. Ma non è così, ed è difficile dire come mai.

Ciò che importa, immagino, è che io abbia parlato, non che la mia memoria sia carente.

So di avere parlato più di quanto mi aspettassi della mia infanzia e della mia famiglia. Per me è stato insolito pensare molto a quegli anni, benché l'informazione di Alden sui secondi cugini di Kristin, prima sconosciuti, avesse stimolato i miei ricordi. Due miei fratelli più vecchi, uno che prende in giro l'altro per via di una ragazza. Una sorella, stranamente incapace di imparare ad andare in bicicletta senza le rotelline, e che poi, altrettanto stranamente, impara benissimo in un paio d'ore.

Un po' di questo, un po' di quello...

ORA CHE STO scrivendo, mi sono fermato e sono andato a rileggermi ciò che avevo scritto sul delitto che ho commesso, del piacere che mi aveva dato e dell'atto sessuale seguente. Il mio resoconto di oggi pomeriggio è stato meno dettagliato.

Immagino che sia naturale. Uno vuole essere onesto e sincero, ma esita a rivelare di essere un mostro.

QUANDO HO SMESSO, quando ho finalmente finito le parole, lei ha confermato che avevo terminato appoggiando leggermente la sua mano sulla mia. Il tocco caldo delle sue dita sul dorso della mano mi ha commosso oltre ogni dire.

"Sono contenta che tu l'abbia detto a me", ha detto Louella, "e non al Rotary Club".

Al Kiwanis, ho pensato.

"Al Kiwanis, cioè", ha detto, come se avessi pronunciato le parole ad alta voce. "Sei tornato a casa per potermelo dire".

"Sì".

"Ma prima hai voluto fare l'amore con me".

"Sì".

Non ha aggiunto nulla, e io ho risposto alla domanda che non aveva posto.

"Pensavo che potesse essere l'ultima volta. Dopo che tu avessi saputo la verità . . .".

"Sarei rimasta inorridita? Disgustata?".

"E lo sei?".

Ha preso del tempo per pensarci. "Sapevo che c'era qualcosa", ha detto. "Entrambi abbiamo avuto una vita prima di incontrarci, e va bene; nessuno ha necessità di conoscere ogni minimo particolare degli altri. Io ho avuto uno zio che mi ha molestata sessualmente. Non te l'ho mai raccontato".

"No".

"Ero molto piccola. Cinque o sei anni. Puoi immaginare di fare del sesso con qualcuno di quell'età? Con una bambina piccola?".

"No".

"È successo due volte. Mi disse che voleva farmi vedere una cosa, e che mi sarebbe piaciuta; e quello che fece è stato di tirarmi giù le mutandine e di leccarmi. Per, non so, qualche minuto. Poi smise, mi tirò di nuovo le mutandine su, la gonna giù, e mi disse che ero una bambina bellissima, e non dovevo dire mai una sola parola a nessuno di quello che avevamo fatto. E non l'ho mai detto a nessuno".

"Fino ad ora".

"Fino ad ora. E non ti ho detto la cosa peggiore. Mi era piaciuto".

"Non eri spaventata?".

"Forse avrei dovuto, ma nemmeno ci pensai. La sensazione mi piaceva proprio, anzi l'adoravo. Che c'è?".

"Cosa?".

"L'espressione che hai fatto".

"Oh", ho detto. "Quello che pensavo è . . .".

"Lo so cosa pensavi: 'Anche adesso' ".

"Be'?".

Louella ha fatto un profondo respiro. "La seconda volta deve essere stata due o tre settimane dopo. Forse di più. Non so perché avesse atteso tanto".

"Forse si sentiva in colpa", ho suggerito. "O aveva paura, o entrambe le cose. Aveva fatto una cosa terribile, e finché tu non dicevi nulla lui non avrebbe avuto guai, però doveva essere attento che non accadesse di nuovo".

"Ma poi mi ha guardato e mi ha trovata assolutamente irresistibile?".

"Qualcosa del genere".

"Chissà. Ad ogni modo, noi due eravamo da soli e lui mi chiese se volevo fare una cosa divertente. E naturalmente sapevo cosa voleva dire. Mi sedetti sul divano vicino a lui, la mia gonna andò su e le mie mutandine andarono giù, e questa volta non dovetti chiedermi cosa stesse succedendo o decidere se mi piacesse".

"Ti è piaciuto ancora?".

"Dio, da matti. Non credo di avere avuto un orgasmo. È possibile che una bambina di quell'età abbia un orgasmo?".

"Mi spiace, ma non sono un esperto sull'argomento".

191

"Io credo sia possibile, perché se lui avesse continuato per qualche minuto ne avrei avuto uno proprio in quel momento. Ma credo che ne avesse avuto uno lui, perché aveva avuto un tremito e aveva emesso un specie di gemito; e subito dopo avevo di nuovo le mutandine a posto, e lui mi diceva quello che aveva detto la prima volta. Che era stato bellissimo, e che doveva restare il nostro piccolo segreto".

"E non vi è stata una terza volta?".

"No, e io lo aspettavo. Dopo la prima volta non ci avevo pensato molto. Era successo e mi era piaciuto, ma non ci avevo pensato tanto da chiedermi se sarebbe successo di nuovo. Ma dopo la seconda volta, be', ci ho pensato molto. In realtà ci pensavo e mi toccavo".

"E immaginavi che il tuo dito fosse lo zio Don?".

"Lo zio Howie. Si chiamava Howard Desmond, era sposato con mia zia Pauline. Mio padre aveva due sorelle, entrambe più giovani di lui, e la zia Pauline era la minore delle due. Non so cosa pensassi quando mi toccavo. Era solo piacevole, e mi piaceva provare quella sensazione".

"E lo zio Howie . . .".

"È morto".

"Oh".

"Stava guidando e ha perso il controllo dell'auto. Io ero troppo piccola per andare al funerale. Mi domando quanti anni deve avere un bambino per andare a un funerale. Immagino che dipenda da famiglia a famiglia, e da quanto si fosse vicini al defunto".

"E tu gli eri più vicina di quanto chiunque potesse pensare".

"Chissà", ha detto, "se qualcuno sapeva qualcosa. Forse io non ero la prima bambina che lo zio Howie usava come un cono di gelato. E sai che cos'altro mi chiedo? È stato, non so, solo qualche anno fa, quando alla TV qualcuno parlava di incidenti senza testimoni che coinvolgono una sola auto, e di come sono un modo per suicidarsi e cavarsela".

"Se sei morto, cosa vuol dire che te la cavi?".

"Eviti il marchio sociale dell'infamia. E poi l'assicurazione sulla vita: non la pagherebbero se potessero dimostrare che ti sei suicidato".

"Questo è ciò che si crede", ho detto, "cioè che il suicidio annulli la riscossione della polizza; ma se la polizza era in vigore da un certo periodo di tempo, non accade quasi mai. Dopo un anno o due, non possono rifiutarsi di pagare".

"Questo non lo sapevo".

"Ma tu pensi che tuo zio si sia suicidato".

"Quando avrebbe perso il controllo dell'auto, è andato a sbattere contro uno dei piloni di cemento che reggono il cavalcavia di Lyons Avenue. 'Qua è dove è successo l'incidente di tuo zio Howie'. Ricordo di avere sentito questa frase più di una volta quando ero nell'auto e passavamo accanto a dove era avvenuto. Forse era stato veramente un incidente, perché a volte si perde davvero il controllo del mezzo e si finisce contro ostacoli come i piloni dei ponti.

Ma se nessuno lo ha visto, è come il famoso albero che cade nella foresta".

"Che cade senza emettere un suono".

"Quello. Una volta che ho riflettuto sulla possibilità, e questo fu anni e anni dopo il fatto . . .".

"Quando ne hai sentito parlare alla TV".

"Esatto. O erano gli adulti della famiglia che se lo chiedevano spesso? Non posso chiedere più a nessuno, se ne sono andati tutti. Non c'è modo di sapere se fosse stato davvero un incidente. O mezzo incidente, se magari aveva bevuto un po' e stava correndo troppo, e avesse avuto un impulso improvviso di sterzare tutto a destra".

"Schiacciando l'acceleratore invece del freno".

" 'Oh, al diavolo tutto'. Una cosa così, forse".

"E quello che ti chiedi veramente", ho detto, "è se tu c'entravi in qualche modo".

"Se l'aveva fatto volutamente, potrebbe essere stato per qualsiasi motivo. Paura di essere scoperto. Paura di quello che avrebbe dovuto fare. Odio verso sé stesso per quello che era. Cioè, non c'è modo di saperlo".

"No".

"La gente soffre di depressione. Non ha necessariamente a che fare con quello che succede loro nella vita. Non mi sento in colpa per quello che è successo, perché io non avevo fatto nulla. Sinceramente, non mi devo biasimare".

"Bene, perché non hai colpe".

"Però mi chiedo", ha detto, "cosa sarebbe successo se fosse rimasto sulla strada con l'auto. Ti dico invece che cosa è successo. Ho smesso di pensare a quello che avevamo fatto. O che lui aveva fatto, dovrei dire. Tirarmi su la gonna, tirarmi giù le mutandine".

"E tirare fuori la lingua".

Lei alzò gli occhi al cielo. "Non ci pensavo. Riguardava lo zio Howie, e lui se n'era andato per sempre, non lo avrei più visto. E questa era una cosa triste, così la cosa da fare era di smettere di pensare a lui. Praticamente ho dimenticato ciò che era accaduto, e ho anche dimenticato di toccarmi, almeno per un po'. Ho, ehm, riscoperto la cosa più tardi".

"Che ragazzina maliziosa eri".

"Oh, non proprio. Vuoi sapere una cosa? Nessuno mi ha più fatto quella cosa fino a . . .".

"Fino a . . . ? Fino a quando ti sei sposata? Fino a quando hai incontrato Martina Navratilova in quel bar vicino alla stazione?".

"Scemo. Fino a quando sono uscita per comperare una pentola a pressione e ho trovato l'uomo dei miei sogni".

"Ma eri stata sposata".

"E non è stato un brutto matrimonio. Duane e io andavamo bene a letto insieme, ma il sesso orale non ne ha mai fatto parte. Lui non lo ha mai iniziato, e io non ci ho mai pensato".

"Non ci hai mai pensato".

"Onestamente, no. Quando era successo ero una bambina; l'avevo sepolto nella memoria e me ne ero dimenticata. Certo non ho mai pensato *Oh, adesso che sono sposata posso fare quello che avevo fatto con lo zio Howie*". Aggrottò

le sopracciglia. "Immagino che sarebbe dovuto essere trau-
matico, ma non l'ho mai sentito tale".

"Ma non l'hai mai detto a nessuno".

"Be', lui aveva detto di non farlo, no? E tu? Anche tu
non hai mai detto nulla".

"Fino ad ora".

"L'hai detto ad Alden. È buffo, quando voi due siete
tornati a casa l'altra sera, sapevo che era successo qualcosa.
Ho pensato che magari gli avevi fatto uno di quei discorsi
in cui gli dici di usare sempre un preservativo. Sai, consigli
paterni. Roba da uomini".

"Non esattamente".

Le ho detto che avevo raccontato ad Alden una versione leggermente riveduta della mia storia, più breve e meno
dettagliata. Ma quella che Louella aveva appena ascoltato
non era anch'essa una versione riveduta e corretta? Non
avevo riportato ogni pensiero che mi era passato per la
mente, ogni impulso, ogni sensazione. Le avevo detto molte delle cose che ho riferito in questo documento elettroni-
co che non ha mai fine, ma sicuramente non tutto.

E questo stesso documento, non si è forse anch'esso av-
valso di un censore interno e sempre presente? Non avevo
io stesso scelto che cosa scrivere e che cosa tralasciare?

ABBIAMO PARLATO A lungo. A un certo punto lei si è al-
zata e si è fatta la doccia, e quando ha finito sono andato in

bagno io. Ci siamo rivestiti e siamo scesi in cucina a mangiare panini, bere caffè e parlare ancora un po'.

Per lo più erano riflessioni su cosa potesse succedere, quanto fosse probabile, come potremmo reagire all'uno o all'altro scenario. Abbiamo pensato molte cose e le abbiamo esaminate.

A volte la conversazione si fermava. Condividevamo i silenzi.

"Non ho mai saputo che avessi una pistola", ha detto.

"Come potevi? È in fondo a un cassetto chiuso a chiave".

"Promettimi che non la userai mai".

Le ho detto che avevo pensato alla pistola come a una estrema e disperata via d'uscita, se non ve ne fossero state altre. Quando gli agenti da Bakersfield avessero salito i gradini del portico e bussato alla porta, avrei potuto mettermi la pistola alla tempia e risparmiarmi l'inevitabile seguito.

Non le avevo detto in quale altro modo avevo immaginato di usare il revolver, passando di stanza in stanza e risparmiando a tutti l'onta della vergogna, non solo a me ma anche a lei, Alden e Kristin. Il censore interno era attivo, per fortuna. Era quasi impossibile in quel momento, davanti al caffè, immaginare che avessi mai concepito un pensiero simile, e non lo avrei mai rivelato.

"Non la userò mai", ho detto. "Può restare dov'è, sotto chiave nel suo cassetto, e non farà male a nessuno. E al diavolo Čechov".

ČECHOV L'HA RESA perplessa, fino a che le ho spiegato il riferimento. Si è detta d'accordo che potesse restare
nel cassetto per sempre. Non serviva che sparasse prima
dell'ultimo atto.

―――――

"QUINDI IL TUO vero nome era . . .". Si è interrotta e ha
alzato la mano. "No, non ripeterlo, perché voglio dimenticarlo. Non è il tuo nome. Il tuo nome è John James Thompson, è questo che sei. È così che si chiama l'uomo di cui
mi sono innamorata, che ho sposato e col quale ho avuto
una bambina. E io sono Louella Thompson, moglie di John
James Thompson, e questo è tutto quello che dobbiamo sapere. John, ti amo più che mai".

"E anch'io".

"E sono felice che abbiamo fatto questo discorso. Mi
sono sempre detta che tu e io potevamo dirci tutto, e che
non ci sarebbero stati problemi. E non ce ne sono, no? Mi
sento vicina a te più di quanto sia mai stata". Ha guardato
nel vuoto per un momento.

"Prima o poi", ha detto, "dovremo dirlo a Kristin".

"Ma non subito".

"No, per lei sarebbe troppo perché lo possa digerire. Almeno credo. Ma magari potrebbe solo sbuffare. 'Come se
non lo sapessi già, mamma' ".

"Gesù, mi sembra di sentirla. Ma con un tono interro-
gativo".

198

"E un po' distratto". Sospirò. "Sapremo quando è il momento, e come dirglielo quando lo dovrà sapere".

"Sì".

"E qualsiasi cosa accada", ha detto, "ce la caveremo".

NELL'ULTIMO MESE mi sono seduto a questo computer un paio di volte, ma la necessità di aggiungere parole e frasi a questo documento sembra cessata.

Sono certo che sia il risultato delle due conversazioni, prima con Alden e poi con Louella. Ho passato mesi a scrivere i miei segreti, cose che pensavo e immaginavo e avevo fatto, e che non potrei dire a nessuno. E poi, avendo condiviso i miei segreti con le due persone più importanti della mia vita, non mi serve più condividerle col mio hard disk.

Tuttavia, le abitudini rimangono. In qualche occasione mi sono seduto qua, dove ho scritto una o due frasi per poi cancellarle; non perché dovessero essere cancellate, ma perché non era mai nemmeno servito scriverle.

Poi altri momenti, alcuni trascorsi a rileggere ciò che avevo scritto in precedenza, alcuni senza fare nulla; poi qualche parola o una frase, poi cancellavo anche quelle, e alla fine chiudevo il file, spegnevo il computer e andavo al piano di sotto.

Ma mi pare che dovrei riportare quello che è successo questa sera. Ero nel soggiorno e leggevo una rivista; avevamo guardato un quiz televisivo e avevamo risposto all'ultima domanda (o ci eravamo chiesti qualcosa al riguardo); Louella e Kristin erano passate a un programma che parlava di case. Alden mi ha lanciato un'occhiata significativa, io ho posato la rivista e l'ho seguito nel portico, dove lui mi ha detto che non poteva esserne sicuro al cento per cento, ma pensava di essere riuscito a togliere i dati del DNA di sua sorella dal *database* della società.

"O forse non a eliminarli", ha detto, "perché al giorno d'oggi non credo che qualcuno possa mai eliminare qualcosa, e presto toglieranno il tasto CANC dai computer. Ma credo di avere fatto in modo che nessuno possa averne accesso. Cioè, se qualcuno manda il suo DNA e loro, come fanno di solito, cercano le corrispondenze più o meno esatte, be', non troveranno quali geni hanno in comune con Kristin".

Come vi era riuscito?

"Non sono sicuro di avercela fatta", ha detto, "perché per scoprirlo dovrei trovare il modo di fare una prova; ma come faccio a farlo senza suscitare attenzione? Quello che ho fatto è stato di trovare un avvocato che li ha chiamati, e ha detto loro che Kristin è minorenne e che il suo DNA era stato inviato senza il suo consenso o quello del suo tutore legale. Quindi erano diffidati dal comunicare con lei in alcun modo, o dal fornire informazioni sul suo DNA, o dal tenere le sue informazioni genetiche nei loro *database*. Che c'è?".

"L'avvocato", ho detto. "A chi ti sei rivolto?".

"Edward P. Hammerschmidt".

"Quanto hai dovuto raccontargli?".

"Uhm, non gli ho detto nulla".

"Be', devi averlo fatto per forza", ho detto. "Non potevi mica scrivergli un copione. Come poteva sapere cosa dire? E come poteva non chiedersi che razza di segreto avevamo? E . . .".

"Papà".

"E comunque, dove diavolo lo hai trovato? Non posso dire di conoscere ogni avvocato della provincia, ma Hammerschmidt è un nome che ricorderei, se l'avessi sentito prima, ma non credo, quindi . . .".

"Papà?".

L'ho guardato.

"Papà, me lo sono inventato. Ho contattato al telefono questo tizio del DNA, non ricordo come si chiama, e ho detto di essere Edward P. Hammerschmidt, procuratore di fatto per una minorenne e, be', gli ho snocciolato tutta una pappardella".

"E lui se l'è bevuta?". Ci ho pensato. "Be', perché non avrebbe dovuto?".

"È quello che ho pensato anch'io".

"È abbastanza facile assecondare la tua richiesta per evitare qualunque azione che tu volessi prendere. Questo non vuole dire che i dati spariscano del tutto dal loro sistema".

"Probabilmente non c'è modo di farlo. Cioè, se anche lui ci tentasse, ci riuscirebbe? Siamo sicuri al cento per cento?".

"Sembra improbabile".

"Sarebbe come se ti dicessero di dimenticare che qualcosa sia accaduto. Lo dicono sempre, ma nessuno si aspetta che tu cancelli qualcosa dalla tua memoria, come potresti? 'Okay, dimenticherò che ho visto la mamma che baciava Babbo Natale'. Ma se nessuno ha accesso ai dati di Kristy, e se nessuno riceve email che dicono che c'è una ragazzina nell'Ohio che è una probabile seconda cugina . . .".

"È come se fossero stati cancellati".

"Forse", ha detto Alden. "In ogni modo, credevo valesse la pena provare".

COME HO GIÀ detto, Alden è un giovane pieno di risorse e nessuno potrebbe desiderare un figlio migliore. È impossibile calcolare delle percentuali, ma ho fiducia che quella telefonata di cinque minuti abbia aumentato le mie probabilità.

Ora mi sento più sicuro, stavo per scrivere (in effetti l'ho appena scritto, ma non importa). Ma è vero? Mi rendo conto che è meno probabile che io sia individuato di quanto fosse prima che lui si spacciasse per Edward P. Hammerschmidt. Ma sapere non è sentire, quindi la domanda è legittima: mi sento più sicuro, adesso?

E ora mi rendo conto di questo: non mi sento più sicuro, perché non mi serve una maggiore sensazione di sicurezza; e questo perché non mi sono sentito davvero in pericolo dopo le due conversazioni con Alden e poi con Louella.

Non mi hanno reso più sicuro. Non hanno diminuito la probabilità che un vecchio caso a Bakersfield fosse riaperto e arrivasse fino a Lima.

Ma quello che erano riusciti a fare era di farmi *sentire* più sicuro. Ho la sensazione, adesso, che nulla possa veramente toccarmi; che le persone che sono importanti nella mia vita – più di quanto potessi pensare di chiunque – conoscano i miei segreti e mi amino quanto mi amavano prima.

E probabilmente di più. Il marito e il padre che conoscono è meno difeso, meno nascosto.

E se il segreto che ora conoscono è mostruoso, non sembra averle indotte a considerarmi un mostro. Posso avere commesso un'azione mostruosa, si può dire che abbia avuto una Fase da Mostro, ma...

"Ma è stato in un altro paese. E oltretutto la ragazza è morta".

La battuta è di Christopher Marlowe, da *L'Ebreo di Malta*, una tragedia che non ho mai né vista né letta. Non so dove io l'abbia sentita, anche se posso presumere di capire perché mi sia rimasta in mente abbastanza a lungo da farmela cercare adesso su Google. Il crimine di chi parla era stato la fornicazione, sicuramente meno grave di un omicidio, ma le somiglianze sono innegabili. Era avvenuto davvero in un altro Stato, se non in un altro Paese. E sì, pace all'anima sua, la ragazza era morta.

AVEVO DETTO A Louella di avere fatto l'amore con lei prima della nostra conversazione perché pensavo che sarebbe potuta essere l'ultima volta.

Benché lei avesse accettato quello che le avevo rivelato, benché vivessimo accanto come marito e moglie e continuassimo a condividere il letto, sembrava possibile che la sua nuova consapevolezza potesse escludere l'intimità fisica.

Ma solo due o tre giorni dopo la nostra conversazione, lei sbadigliò teatralmente e affermò di potere a malapena tenere gli occhi aperti. In quella occasione, e due altre volte in seguito, quello che ora sapeva non aveva affatto ridotto il suo ardore e il suo entusiasmo.

Ma chi può dire che altro ella portava con sé nella camera da letto? Sapeva che io avevo ucciso una donna, e per sentirsi al sicuro tra le mie braccia doveva seppellire quella consapevolezza in qualche stanza della sua memoria.

Ma quanto solidi sono i muri di quella stanza? Forse lei ha lasciato uno spiraglio, forse a volte si compiace di ciò che sa. Forse la sua passione è stimolata se immagina ciò che io potrei fare, pur sapendo che non lo farò.

Non è per questo che la gente va a vedere i film del terrore? Per poter godere del brivido della paura in un contesto privo di pericolo?

Ciò che accade sullo schermo li spaventa, ma lo fa in modo innocuo. È un'illusione sullo schermo, mentre loro sono in platea con un sacchetto di popcorn, o a casa, col telecomando in mano.

Questo non spiega anche come mai siano seguiti i programmi sui crimini reali? Vi sono un paio di TV via cavo dedicate solo ad essi, mentre le emittenti normali continuano a produrre *Crimini Veri* e *48 Ore*. Nella maggior parte dei casi, le vittime sono donne, il che non dovrebbe sorprendere; ma c'è qualcosa che ho saputo solo da poco e che ho trovato invece sorprendente: il pubblico di questi programmi è prevalentemente femminile.

Sugli schermi, è una donna che viene pugnalata, o strangolata, o a cui si spara. E l'assassino è un uomo; i sospettati sono quasi sempre il marito o l'amico, e il più delle volte sono colpevoli.

E la donna che segue la vicenda non può evitare di pensare al proprio uomo. Ora è nella piccola officina del seminterrato che lavora al modellino di un aereo, o nello studio con la sua collezione di francobolli. O sta portando a spasso il cane, o sta bevendo una birra con i suoi amici.

Lui non farebbe mai una cosa come quella del marito in televisione.

O sì?

Forse c'è anche questo. E se fosse, sono affari miei?

Non posso conoscere tutto quello che lei pensa, che sente, che prova nel suo intimo. Né lei può conoscere tutti i miei segreti più nascosti, i più profondi dei quali sono certamente sconosciuti perfino a me.

"Ho così sonno", dirà con un tono che non è proprio una strizzata d'occhio. "Dovresti riposare un po'", risponderò io.

E, pure se saremo vicini quanto possono esserlo due esseri umani, ciascuno di noi sarà anche da qualche altra parte, ascoltando una musica personale che nessun altro potrà mai sentire.

⁂

OGGI POMERIGGIO ALDEN ci ha comunicato una decisione, non del tutto inattesa. A settembre comincerà l'università nel campus di Lima della Ohio State University.

Questo vuole dire che potrà vivere ancora in casa. In effetti è quasi una necessità, visto che l'università a Lima non ha dormitori per gli studenti.

Aveva fatto domanda, su consiglio del suo tutor, per cinque istituzioni, ed era stato accettato da tutte. Il concorrente maggiore dell'Università dell'Ohio di Lima era il campus principale a Columbus. Andrà certamente lì per la specializzazione in veterinaria, e vi condurrà la tradizionale vita universitaria di partite di football, associazioni studentesche, feste pre-partita e bevute di birra, o ciò che in questi giorni resta di quelle cose.

Pensavo che potesse volere tutte queste cose, oltre al fatto che a Columbus potrebbe avere un'istruzione migliore di quella offerta nella nostra città. Avrebbe anche una maggiore scelta di corsi da seguire e professori migliori, ma lui è sicuro che la sede di Lima gli permetterà di entrare a Columbus per il dottorato, e tanto gli basta.

In questo modo io pagherei alcune migliaia di dollari

di tasse in meno ogni anno, ha fatto notare, e ovviamente risparmierei anche denaro per l'alloggio e i pasti; in più mangerebbe pasti preparati da sua madre invece della misteriosa carne che servono nelle mense.

Ma il fattore più importante è il suo apprendistato con Ralph, che potrebbe continuare per i quattro anni di corso prima del dottorato. "Quando finirò, sarò probabilmente più qualificato della maggior parte dei dottorandi. Anzi, Ralph dice che potrei essere in grado di fare già della ricerca quando sarò alla Columbus. Non che serva averlo nel proprio curriculum per fare iniezioni antirabbiche, ma penso che sarebbe bello".

Non era preoccupato di perdere qualcosa?

"Cosa, come nel film *Animal House*? Ma dai".

Quindi sarà qua, sotto lo stesso tetto, e il denaro che la sua decisione mi farà risparmiare, benché utile, non è nulla al confronto del piacere di averlo qua per i prossimi quattro anni.

Meglio ancora è sapere che questo è quello che vuole, che preferisce restare a Lima invece di spostarsi nella capitale dello Stato, duecento chilometri a est. Che preferisce vivere in casa. Con sua madre e sua sorella. E con me.

E non era difficile sapere che cosa gli avrei regalato in giugno.

"Oltretutto", aveva detto a un certo punto, "se andassi a Columbus, sapresti che verrei a casa una o due volte al mese. Sono un paio d'ore sprecate per ogni viaggio, oltre al costo della benzina. E anche l'usura della Subaru. Cioè, va bene qua in città, ma non so quanto reggerebbe ancora, sai?".

Non vedo l'ora che lui e io andiamo in missione a scegliere il suo regalo per la maturità.

※

HO APPENA RILETTO le ultime righe. Prima di scrivere quello che sono venuto a scrivere, sento il dovere di riferire che Alden e io abbiamo fatto acquisti poco prima che il preside gli consegnasse il suo diploma delle superiori, e che ora guida una Hyundai Elantra nuova, color blu acciaio.

"Sei sicuro, papà? Nuova? Io pensavo un'auto usata".

Gli ho detto che mi spiaceva, ma l'auto usata sarebbe stata la sua, quando l'avrebbe ceduta al concessionario per chi l'avrebbe comperata in seguito.

"Non se ne parla nemmeno", ha detto carezzando un parafango. "Questo gioiellino me lo terrò per sempre".

※

MA QUELLO CHE ha detto circa un'ora fa è stato: "Chiunque sia quel tizio, non assomiglia a nessuno che io conosca".

Si riferiva a due fotografie in bianco e nero, entrambe dello stesso soggetto. La prima mostrava un adolescente, con l'aria impacciata in una giacca a quadri e una cravatta a strisce, e con un mezzo sorriso tirato sulla bocca. La seconda sembrava a prima vista il padre del ragazzo, ma in realtà era lo stesso giovane, trasformato grazie a qualche combinazione di licenze artistiche e magia di un computer in un uomo di mezza età.

Indossava ancora la giacca e la cravatta, ma gli indumenti erano stati modificati, o modernizzati, immagino. Non avevano più un disegno, così che apparivano come un blazer e una cravatta scuri. L'immaginazione faceva pensare a un blazer blu e a una cravatta marrone.

L'attaccatura dei capelli era più alta, le sopracciglia più folte, e i tratti del viso dimostravano un'età maggiore. Una cosa che non era cambiata era l'espressione. Sembrava ancora in posa e a disagio, come se avesse voluto essere in qualsiasi posto tranne che davanti a una macchina fotografica. Un'espressione più adatta a un adolescente che a un uomo maturo, ma non credo che un computer si possa facilmente programmare per dare consigli al soggetto di una foto ritoccata: "*Cresci, figliolo, datti una regolata*".

"Ultimissime notizie", aveva detto Lester Holt, come fa sempre per annunciare qualsiasi servizio stiano per lanciare. Grazie ai progressi della genetica forense, gli investigatori di un vecchio caso a Bakersfield, California, avevano determinato l'identità del presunto responsabile di uno stupro e un omicidio che aveva avuto luogo mezzo secolo prima.

Eravamo sul sofà del soggiorno, tutti e quattro. Avevamo videoregistrato le notizie della sera della NBC mentre finivamo di cenare, poi, una volta tolti i piatti e messili nella lavapiatti, ci saremmo seduti a guardare il programma, come facevamo solitamente. Non ci mettiamo mai più di venti minuti, e possiamo fare scorrere velocemente le interruzioni pubblicitarie. Anche così, raramente Kristin resiste a guardarne più di metà.

Era ancora seduta accanto a sua madre anche questa sera, quando hanno mostrato quelle foto, l'originale e la nuova versione aggiornata: prima singolarmente, poi fianco a fianco. Abbiamo anche visto quella che probabilmente è l'unica foto esistente di Cindy Raschmann, che ho riconosciuto non perché me la ricordassi così, ma perché l'avevo già vista in una precedente trasmissione sul caso.

Hanno detto il nome dell'uomo, che badavano bene di chiamare il *presunto* omicida. Era Roger E. Borden, ed evidentemente era sparito senza lasciare tracce dopo avere lasciato la propria casa poco tempo dopo il termine delle scuole superiori, e parecchi anni prima dello stupro e dell'uccisione della Raschmann. Dove fosse andato, cosa avesse fatto, e cosa lo avesse condotto a Bakersfield sembrava non fosse noto, come anche che vita aveva condotto dopo quell'incidente.

Attualmente, non c'era modo di sapere se Borden fosse vivo o morto; se vivo, sarebbe potuto essere praticamente ovunque, benché la maggior parte delle persone che avevano un DNA simile al suo sembrassero risiedere a ovest delle Montagne Rocciose. Ma, riportò l'ansimante giornalista della NBC, questa era un'indagine ancora in corso, e le autorità erano fiduciose che sarebbero arrivate ulteriori informazioni. Nel frattempo, vi era un Numero Verde che i telespettatori potevano chiamare se avevano informazioni sulla vita di Roger Borden, prima o dopo l'omicidio. O anche se riconoscevano l'uomo delle fotografie, e potevano dire dove vivesse ora.

Abbiamo guardato il televisore in silenzio. Poi è entrata una pubblicità, e ci è voluto un momento prima che Alden prendesse il telecomando e premesse il tasto di Avanti Veloce. Kristin ha colto quel momento per dirigersi verso la sua camera; una volta lontana, qualcuno di noi avrebbe potuto dire qualcosa, ma nessuno l'ha fatto.

Non ho prestato troppa attenzione al resto delle trasmissione. I miei occhi hanno visto quello che passava sullo schermo, le mie orecchie hanno percepito quello che dicevano, ma non mi sono reso conto di nulla. Aspettavo di vedere se avrebbero mostrato di nuovo le due foto, quella del mio vecchio annuario scolastico e la versione invecchiata, ma non era un problema urgente, e una volta era bastata.

Alden ha spento la TV e ha rotto il silenzio con quella frase: L'uomo sullo schermo non l'aveva mai visto.

Naturalmente, io avevo riconosciuto immediatamente la foto scolastica. Ricordavo perfino la giacca sportiva e la cravatta. In quei tempi, possedevo solo due o tre cravatte, e raramente la dovevo portare. Quella della fotografia, mi sembrava di ricordare, era a righe rosse e blu. Ma non ci potrei giurare.

La versione invecchiata non credo somigliasse molto alla faccia che vedo ogni mattina allo specchio. Ma io mi ci riconoscevo, forse perché riuscivo a vedere il giovane Roger

Bolden che mi fissava attraverso gli occhi del Roger Bolden più anziano.

Ma era simile a come ero diventato nel corso degli anni? Difficile a dirsi.

Quello che potevo dire era che la NBC aveva dato a quel caso più attenzione di quanta gliene avevano dedicato altre reti televisive. Un paio d'anni prima avevano incluso l'omicidio di Cindy Raschmann in un episodio di *Crimini Veri* che trattava di tre vecchi casi. Questo non dava loro l'esclusiva, ma ora avevano foto e brevi video e potevano usarli ancora.

"Quelle foto potremmo rivederle", ho detto. "O forse no. Dipende da quanto riscontro avranno".

"Chiamate al Numero Verde", ha detto Louella.

"Persone che erano nella mia scuola, o che lo credono. Persone che mi hanno visto una settimana fa alla stazione dei Greyhound di Spokane, o sulla panchina di un parco a Oakland. Persone che rilevano una somiglianza tra la foto e il vicino scontroso che non gli è mai piaciuto, e sul quale si sono fatti delle domande".

" 'Mocciosi, fuori dal mio praticello!' ", ha detto Alden.

"Probabilmente avranno qualche dozzina di chiamate, tutte dalla costa Ovest. E prima che abbiano finito di controllarle, tutti si saranno dimenticati del servizio di questa sera".

"E quella foto? Kristin non l'ha degnata nemmeno di una seconda occhiata".

"No".

"Avrebbe potuto dire, 'Ehi, sai chi mi ricorda?'. Come si direbbe che il cane dei Simpson si comporta come Chester. Ma non ha detto nulla".

No, non aveva reagito.

"Quindi, forse una volta gli somigliavi, ma ora non più".

Così ci siamo rassicurati a vicenda che non c'era nulla da temere. E ora sono qua alla mia scrivania, e mi chiedo se ci credo.

Difficile a dirsi. Difficile sapere cosa credere, e quanto preoccupato essere.

Un momento fa ho aperto il cassetto centrale della scrivania. Cercavo la chiave del cassetto con la serratura, e l'ho trovata quasi subito, ma non l'ho presa, non l'ho neppure toccata. L'ho solo guardata un attimo, prima di richiudere il cassetto.

Per assicurarmi che fosse lì? E che quindi potevo aprire il cassetto chiuso?

Forse.

Ho sempre saputo che questo potesse accadere. Avevo sperato di no, ma sapevo che era possibile. Non posso dire di avere previsto di vedere me stesso da giovane sullo schermo della televisione, né immaginato una versione invecchiata grazie al computer.

Ma avevo dei parenti che avevano inviato il loro DNA, e quando la persona giusta ha cercato nel posto giusto, una corrispondenza era emersa.

Una cosa ha portato a un'altra, e in breve avevano avuto il nome del fratello che era svanito nel nulla.

Se la trasmissione *I più Ricercati d'America* ci fosse ancora, il prossimo episodio avrebbe mostrato quelle foto, e quanto altro sarebbe emerso. Ma il programma era terminato qualche anno fa.

Be', avevano resistito per quasi venticinque anni.

Non male. E io ho resistito anche più a lungo, no?

Non so dove questo possa portare. Non posso escludere la possibilità che qualcuno, qua a Lima, abbia visto qualcosa in quelle foto. Qualcuno che mi conosce per via dei miei club, o per il negozio. O mentre passeggiavo nel quartiere, o ero in fila al supermarket.

Qualcuno che si rende semplicemente conto che vi è qualcosa di vagamente familiare nel tizio delle fotografie. Poi, un giorno o una settimana più tardi, mi vede, e gli si accende una lampadina.

Avrebbe preso il telefono e chiamato quel Numero Verde? Non si vuole essere coinvolti in certe situazioni, e certo non si vuole provocare guai a un innocente, ma quando mai si ha la possibilità di risolvere un orribile delitto e consegnare alla giustizia un depravato assassino?

Se capita, come ci si può sottrarre alle proprie responsabilità?

Ma ovviamente, non ci si era preoccupati di annotare quel numero gratuito, quindi forse si lasciava perdere. Se quell'impressione era vera, non si può essere il solo ad averla avuta. Lasciamo che sia qualcun altro a telefonare.

Però, sarebbe così difficile andare su Google e recuperare quel numero?

Eccetera, eccetera.

Posso solo aspettare. Potrebbe non essere facile, ma nemmeno è impossibile perché, Dio santo, so bene come farlo.

Ho aspettato per tutti questi anni.

TRE SETTIMANE DOPO le ultime aggiunte.

Anche meno. Sono passati diciannove giorni da quando Lester Holt ha mostrato la mia foto di scuola al suo numeroso ed esteso pubblico. Potrei anche essere comparso da altre parti, in altre trasmissioni o sui canali della TV via cavo dedicata ai crimini. Il solo quotidiano che leggo regolarmente è il *Lima News,* e sarebbe molto male se la mia foto vi comparisse, poiché accadrebbe solamente dopo che io fossi arrestato e accusato.

Compero il *New York Times* qualche volta, e *USA Today* di tanto in tanto, ma nelle ultime tre settimane non ho preso nessuno dei due. Anzi, evito di proposito di leggerli, anche nei loro siti on-line. Sono certo che la notizia ha ricevuto attenzioni a Bakersfield e dintorni, e vi saranno stati articoli nei giornali locali ampi almeno come il servizio della NBC, ma non sento la necessità di vederli.

E dubito che il *Californian* di Bakersfield abbia molti lettori regolari nell'Ohio.

Sarebbe facile cercare *Roger Borden* in Google e vedere cosa viene fuori.

215

Ancora più facile non farlo.

In effetti ho avuto la reazione istintiva, subito dopo essermi visto sulla NBC, di fare il possibile per essere meno visibile. Potrei andare più raramente nel negozio, e passare più tempo nascosto nell'ufficio sul retro. Potrei usare la scusa del mal di schiena per evitare un paio di incontri per il bowling; tutti i miei soci di tanto in tanto sono bloccati dalla schiena o da un ginocchio dolente, o da qualche altro acciacco dell'età.

Potrei anche saltare qualche riunione dei miei club e andare meno a pranzo con i soci. Potrei anche inventare un pretesto – un convegno di rivenditori di articoli per la casa, il funerale di un parente immaginario – e lasciare la città per una o due settimane.

Tutto questo avrebbe una logica. Perché mettere in mostra la mia faccia alla gente, prima che avesse avuto il tempo di dimenticare quello che potevano avere visto in televisione? Non era meglio tenere la mia visibilità al minimo?

Ho fatto partecipe Louella di queste riflessioni e lei ci ha pensato.

"Dove andresti?", ha chiesto. "E che cosa faresti quando sei lontano?".

"Andrei in qualche anonimo motel, vicino a qualche uscita dell'interstatale nell'Indiana o nel Kentucky".

"In altre parole, in un altro Stato".

"Io direi, anche se non sono sicuro se ci sarebbe qualche differenza. Circa quello che farei lì, probabilmente il meno possibile. Starei nella mia stanza, leggerei dei libri,

216

guarderei dei film alla TV. Andrei a mangiare nel fast-food più vicino".

"Lo stesso, ogni volta?".

"Forse no. Potrei prendere i pasti allo sportello per l'asporto. O farmeli portare a domicilio".

"Potresti stufarti di mangiare sempre pizza".

"Sono stanco già solo al pensarci. Sai, non è una buona idea".

"No".

"Sarei quello che non esce mai dalla stanza e si fa portare il cibo. Paga anche in contanti, come mai? E quando andassi in giro, tutti mi vedrebbero come un estraneo, si chiederebbero se sembro familiare e se mi hanno visto prima da qualche parte".

"Mentre tutti quelli che ti vedono nel negozio o alla pista del bowling penserebbero: *Oh, ecco John*".

" 'Buon vecchio John. Un gran brav'uomo' ".

"Saprebbero subito chi sei e non dovrebbero perdere tempo a pensare a te".

"Hai ragione, meglio essere visto da chi non deve chiedersi chi ha davanti".

Così, continuo a vivere la mia vita, a fare quello che ho sempre fatto, ad andare dove sono sempre andato. Mi sembra che il modo migliore per attirare un'attenzione non desiderata sia di fare uno sforzo per evitarla.

Se ci si nasconde nell'ombra, vogliono vedervi meglio. Se ci si comporta come se si avesse qualcosa da nascondere, si chiederanno per forza che cosa potrebbe essere.

Questo non vuol dire che debba esagerare, mettendomi in luce ad ogni costo, prendendo la parola in ogni conversazione. La risposta, ho stabilito, è nel mezzo. "Sii semplicemente te stesso".

Qualsiasi cosa sia.

MI SENTO STRANO.

È passato quasi un intero anno dall'ultima volta che ho scritto qualcosa. Raramente trascorrono più di alcuni giorni tra una visita e l'altra al mio studio, e normalmente accendo il computer, e faccio quello che devo fare. Controllo la posta, visito siti che trovo interessanti, e faccio anche qualche aggiunta a un rudimentale diario che ho iniziato a tenere.

Non è come questo documento, dove mi permetto di parlare ad alta voce. Per modo di dire, ovviamente. Come esprimermi? Di meditare scrivendo, o forse usando dei pixel. Di pensare sullo schermo.

Nel diario prendo appunti, scrivo certe annotazioni. Il mio peso, che il mio dottore vuole che tenga d'occhio. La mia pressione, per la quale ora prendo una pastiglia ogni mattina.

Il solito controllo annuale che ha portato a queste misure ha spinto Alden e Kristin a farmi un regalo di compleanno: un orologio, che porto costantemente, tranne se devo ricaricarlo. Mi dice molto più dell'ora, perché controlla il battito cardiaco e registra la mia attività fisica.

Se l'aggeggio funziona, faccio più di diecimila passi al giorno. Probabilmente questo rende felice il mio medico, oltre che farmi consumare più velocemente le scarpe, ma non sono certo che abbia un effetto visibile sul mio peso o sulla mia pressione.

Vi sono giorni in cui registro diecimila passi, e altri in cui non accade; ma non mi preoccupo troppo in nessun caso.

Però, una certa attenzione al maledetto arnese bisogna pur prestarla. Lo guardo, e vedo che ho fatto meno dei diecimila passi che sarebbero il mio traguardo quotidiano; e allora quasi sempre prendo il guinzaglio e chiamo Chester per fare un giro nei dintorni. Altre volte, naturalmente, alzo le spalle e mi faccio un panino, ma nell'insieme il nostro fedele Rottweiler fa più esercizio fisico di prima, e io pure, lo riconosco.

E se mi ricordo, segno il numero di passi della giornata nel mio diario, oltre al peso, alla pressione e tutto quello di cui mi pare di voler tenere nota.

I punteggi al bowling. I libri che sto leggendo.

Un po' di tutto.

Questo diario è un'abitudine che ho preso senza pensarci troppo, e solo adesso vedo di non poterne attribuire la causa solo al mio regalo di compleanno. Ora che ho riaperto questo file, che inizia ricordando momenti importanti del mio passato e che mi ha portato ad annotare gli sviluppi fino ad oggi, mi rendo conto di quanta parte era stato nella mia vita.

Era il luogo dove potevo dire a me stesso ciò che non mi ero mai detto prima, un luogo per tutte le cose delle quali non potevo fare cenno a nessun altro. Sono stato selettivo, ho pensato le frasi prima di scriverle, ma la maggior parte di ciò che scorreva dentro di me è finito, in un modo o nell'altro, nel computer.

E anche quando ho deciso di non annotare qualcosa, o l'ho fatto per poi cancellarlo, gli ho dedicato più attenzione di quanto avrebbe altrimenti avuto. A questa scrivania, su questo computer, con gli occhi allo schermo e le dita sulla tastiera, non avevo altra scelta se non guardare dentro me stesso e alla mia vita in modo un po' diverso.

Penso che questo sia ovvio.

Forse è il momento di rileggere quello che ho scritto. Tutto quanto, dalla prima riga all'ultima.

E PERCIÒ SONO qua, e dopo avere battuto l'ultima frase mi sono messo a rileggere le ultime aggiunte a partire da un anno fa; e poi sono andato indietro, proprio all'inizio del file e ho letto tutto quello che c'era prima. Tutto, da *Un uomo entra in un bar*, fino a *Sii semplicemente te stesso, qualsiasi cosa sia.*

È STATA UNA esperienza curiosa. Vi erano parti che potevo ricordare con una sola occhiata; tanto familiari e parte della mia consapevolezza che potrei probabilmente riprodurle parola per parola. E vi erano altri passaggi che ricordavo a malapena, come se li avessi scritti in un sogno.

Sono colpito da come il tono sia cambiato col tempo. Come se parecchi uomini diversi si fossero succeduti nella narrazione. All'inizio si sente Buddy, il quale poi in un certo momento passa il microfono a Mr. Thompson. E adesso esso è nelle mani del Vecchio Thompson, ancora ragionevolmente arzillo e in gamba, ma ammorbidito e reso più pensoso dal passare degli anni.

Ed è ancora libero. Vi era stata, in realtà, una manciata di persone che avevano creduto di riconoscere le due fotografie di Roger Borden, una com'era una volta, l'altra come poteva essere diventato invecchiando. In qualche caso, il riconoscimento era reale: erano andate a scuola con Roger, o se lo ricordavano quando viveva nel loro quartiere. Questo era bastato per far loro chiamare il Numero Verde, ma senza fornire alcuna informazione utile. *Sì, ricordo Roger. L'ultima persona al mondo che ci si immaginava che potesse fare una cosa del genere.* Oppure, altrettanto probabile: *È proprio Roger. Sapete, aveva sempre avuto qualcosa di strano. Devo dire che non sono sorpreso.*

Esatto.

Altre segnalazioni dovevano essere state più promettenti, ma alla fine solo una perdita di tempo. Erano quelle di telespettatori che erano certissimi di avere riconosciuto il ricercato come l'addetto di un supermercato a Bend, Oregon, oppure come l'impiegato notturno di un motel poco raccomandabile alla periferia di Boise; oppure il loro vicino di casa, che aveva rivelato il lato oscuro della sua natura quando il cane di una famiglia aveva avuto un incidente nel suo prato.

E così via.

Promettenti, perché erano un tipo di segnalazioni che la polizia non poteva ignorare. E una perdita di tempo, perché non portavano mai da nessuna parte.

Si è fatto vivo qualcuno che pensasse che il ragazzo con la giacca sportiva e la cravatta a righe, con altri abiti, fosse l'inserviente del distributore in quei giorni? Qualcuno ricordava di avere visto Buddy al banco di un negozio di liquori, o mentre prendeva un hamburger da Denny?

Se è accaduto, non l'ho mai saputo.

Per quanto io possa capire, la lunga mano della legge non ha mai varcato le Montagne Rocciose, men che meno superato il Mississippi o il confine dell'Ohio. La mia ipotesi è che le autorità locali si siano congratulate con loro stesse per essere arrivate fino a quel punto, e per essere comparse in prima serata in una trasmissione televisiva.

Sono state soddisfatte delle reazioni ai loro sforzi, e avrebbero potuto anche trarre qualche soddisfazione dalle conferme, sostanzialmente inutili, fornite da miei compagni di scuola di allora e dai miei vicini, che la foto sullo schermo era veramente quella del giovane Roger. Lo sapevano già, ma non sarebbero state rincuorate?

E posso immaginare lo stato d'animo prevalente, dopo che ogni pista si era dimostrata vana. Se io fossi coinvolto nelle indagini, mi pare che avrei preso atto di un paio di fatti innegabili circa Roger Borden. Prima di tutto, egli tanti anni fa aveva commesso quello che sembrava un omicidio casuale e impulsivo; e da allora non era mai stato arrestato per alcuna infrazione alla legge.

Dopo tutti quegli anni? Un vagabondo, capace di uccidere, non era mai stato fermato e accusato di nulla?

Io avrei riflettuto su questo, avrei pensato quanto tempo era passato e quanti anni dovrebbe avere adesso. Vivendo quel tipo di vita, probabilmente abusando di alcool e droghe, capace di violenza, preda dei propri impulsi, quasi certamente un sociopatico.

E poi, un'altra cosa. Dopo tutti quegli anni, con tutti quei fratelli e quelle sorelle, e non aveva mai contattato nessuno di loro? Nessuna chiamata quando era ubriaco? Nessuna richiesta urgente di denaro o di un alloggio per la notte? Nulla? Avevano contattato tutti, ogni parente ancora vivo, ogni compagno di scuola che avessero potuto trovare, e nessuno aveva mai sentito una parola da lui da quando aveva ucciso quella ragazza.

Be', che diamine, facciamo i conti. Quel figlio di puttana ormai dovrebbe essere morto, no? Insomma, quante probabilità ci sono?

SONO SICURO CHE questo sia ancora un caso aperto. E sono certo che le TV a pagamento, con il loro apparentemente insaziabile appetito per il crimine, faranno tutto quello che potranno per impedire che Cindy Raschmann – e Roger Borden – scompaiano del tutto. Ma c'è sempre qualcuno con una nuova soluzione per la misteriosa identità di Jack lo Squartatore, o con una prova certa sul vero autore delle commedie di Shakespeare. È sufficiente per attirare un po' di attenzione dei media, ma non è mai molta.

Quindi sembra che io ce l'abbia fatta veramente.

Questa notte – e ormai è quasi mattino, più vicino all'alba che all'ora di coricarsi – questa notte, mentre leggevo, mi sono chiesto se qualcuno ce la faccia mai veramente. Quello che sono, quello che sono diventato, la vita che ho vissuto e che sto vivendo ora, sono tutte parti di un cammino continuo che iniziò quando un uomo entrò in un bar.

Ho avuto, a quanto pare, una vita ricca e soddisfacente. Sono certo che vista da fuori sembri invidiabile – un uomo d'affari piuttosto benestante, attivo nella vita pubblica, ancora ragionevolmente in buona salute, marito devoto e padre sinceramente amato da sua moglie e dai suoi figli.

Non pochi uomini mi potrebbero guardare e desiderare di essere al mio posto.

La mia vita mi soddisfa anche dal mio punto di vista. Non avrei mai potuto prevedere qualcosa di simile. Non me la sarei mai sognata, desiderata, immaginata possibile.

E mi sono trovato in quella che sembra l'esistenza alla quale ero destinato.

Ma non devo dimenticare che potrebbe finire domani. Qualcuno, da qualche parte, potrebbe essere improvvisamente colpito dal lampo di un riconoscimento.

Dio mio, quella foto! Sai chi deve essere?

E poi, una telefonata.

È qualcosa che potrebbe sempre succedere, e sarà possibile fino a che vivrò. *Il Dito in Movimento scrive* ... o non scrive. E nessuno sa ciò che accadrà.

E se accadesse?

Sono sicuro che il revolver è sempre nel cassetto chiuso. E sono altrettanto certo che vi resterà, chiunque si presenti alla nostra porta. Non so dire se sarà facile o difficile, ma non posso deciderlo io.

Per ora, so solo che è passata l'ora in cui solitamente mi corico, e vorrei avere qualche ora di sonno prima di alzarmi per affrontare una nuova giornata.

Qualsiasi cosa accada, ho la sensazione che mi andrà bene.

Invio una newsletter a intervalli irregolari, ma raramente più spesso di ogni quindici giorni. Mi farebbe piacere aggiungervi alla mia lista di distribuzione. Mandate una email senza contenuto a lawbloc@gmail.com avente per soggetto le parole NEWSLETTER-IT, e sarete aggiunti. (E se decidete che non volete più riceverla, basta cliccare su "Unsubscribe".)

LAWRENCE BLOCK ha scritto polizieschi e noir per mezzo secolo, ricevendo innumerevoli riconoscimenti. Il suo ultimo libro è *Alive in Shape and Color*, un'antologia di 17 racconti in cui ogni storia è illustrata da un quadro famoso; gli autori comprendono Lee Child, Joyce Carol Oates, Michael Connelly, Joe Lansdale, Jeffery Deaver e David Morrell. Esso fa seguito a *In Sunlight or in Shadow,* (Trad. Italiana: *Ombre*, Einaudi, 2017) un'antologia da lui curata di racconti, ognuno ispirato a un dipinto di Edward Hopper. Il suo più recente romanzo è *The Girl with the Deep Blue Eyes,* citato dal suo agente di Hollywood come "un James M. Cain che ha preso il Viagra". Altre opere di narrativa gialla sono *The Burglar Who Counted The Spoons,* avente per protagonista Bernie Rhodenbarr; *Keller's Fedora*, con il killer filatelista Keller; e *A Time to Scatter Stones*, con Matthew Scudder, perfettamente impersonato da Liam Neeson nel film del 2014 *A Walk Among The Tombstones* (*La preda perfetta,* 2014). Anche altri suoi libri sono stati tradotti in film, benchè non troppo bene. Block è ben noto anche per i suoi libri sull'arte di scrivere, tra cui il classico *Telling Lies For Fun & Profit* e *Write For Your Life,* e di recente ha pubblicato una raccolta dei suoi articoli sul genere poliziesco e i suoi adepti, *The Crime Of Our Lives.* Oltre alla narrativa, è stato occasionalmente sceneggiatore per la televisione (*Tilt!*) e per il film di Wong Kar-wai, *My Blueberry Nights.* È una persona modesta e umile, anche se da queste note biografiche non lo sembra.

Email: lawbloc@gmail.com
Twitter: @LawrenceBlock
Facebook: lawrence.block
Website: lawrenceblock.com

LUIGI GARLASCHELLI è un chimico e indagatore razionalista di misteri. Ha pubblicato vari libri sugli esiti delle sue ricerche, sulle quali tiene conferenze ed è spesso intervistato come esperto da stampa e TV. È appassionato di letteratura poliziesca, e ultimamente si occupa anche di "magia chimica" al servizio di maghi e illusionisti.

www.luigigarlaschelli.it

Opere di Lawrence Block in italiano

Romanzi di Matthew Scudder:

The Sins of the Fathers (1976)
- *Le colpe dei padri*, Gialli d'azione, Mondadori, 1981

Time to Murder and Create (1977)
- *La mano invisibile*, Giallo Mondadori, 1978
- È tempo di uccidere, Fanucci, 2006

In the Midst of Death (1977)
- *Il codice di Scudder*, Maschera Nera, Mondadori, 1980

A Stab in the Dark (1981)
- *Una pista fredda per Matt*, Giallo Mondadori, 1992

Eight Million Ways to Die (1982)
- *Mille modi di morire*, Giallo Mondadori, 1983
- *Otto milioni di modi per morire*, Fanucci, 2006

When the Sacred Ginmill Closes (1986)
- *L'ultimo grido*, Giallo Mondadori, 1990

Out on the Cutting Edge (1989)
- *Lo sconveniente odore della morte*,
  Giallo Mondadori, 1992

A Ticket to the Boneyard (1990)
- *L'ultimo della lista*, Giallo Mondadori, 1993

A Dance at the Slaughterhouse (1991)
- *La perdizione*, Interno Giallo – Mondadori, 1993

A Walk Among the Tombstones (1992)
- *Un'altra notte a Brooklyn*
  (Tradotto da Simona Fefé), Sellerio, 2013

The Devil Knows You're Dead (1993)
- *L'ultima telefonata di Holtzmann*,
  Giallo Mondadori, 1996

A Long Line of Dead Men (1994)
- *Il club dei 31*, Hobby & Work, 1997
- *Una lunga linea di morte*, Hobby & Work, 2001

Romanzi di Bernie Rhodenbarr:
Tradotti da Luigi Garlaschelli